VIDAS SECAS

VIDAS SECAS

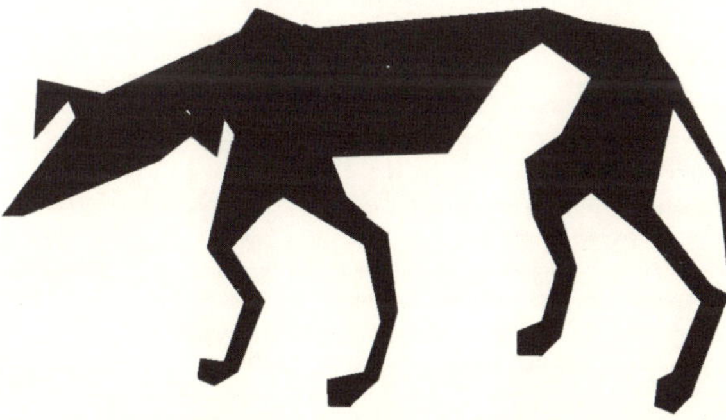

GRACILIANO RAMOS

TORDESILHAS

Vidas secas

Tordesilhas é um selo da Alaúde Editora Ltda., empresa do Grupo Editorial Alta Books
(Starlin Alta Editora e Consultoria LTDA.).
ISBN: 978-65-5568-178-9

Impresso no Brasil – 1ª Edição, 2025 – Edição revisada conforme o Acordo Ortográfico da Língua Portuguesa de 2009.

Dados Internacionais de Catalogação na Publicação (CIP)
(Câmara Brasileira do Livro, SP, Brasil)

Ramos, Graciliano, 1892-1953
Vidas secas / Graciliano Ramos. -- 1. ed. --
Rio de Janeiro : Tordesilhas, 2025.

ISBN 978-65-5568-178-9

1. Ficção brasileira I. Título.

24-200438 CDD-B869.3

Índices para catálogo sistemático:

1. Ficção : Literatura brasileira B869.3

Tábata Alves da Silva - Bibliotecária - CRB-8/9253

Produção Editorial: Grupo Editorial Alta Books
Diretor Editorial: Anderson Vieira
Vendas Governamentais: Cristiane Mutüs
Coordenadora Editorial: Mariana Portugal
Produtor Editorial: Marlon Souza

Revisão: Denise Himpel; Vinicius Barreto
Aparato: André Caramuru
Diagramação: Rita Motta
Capa: Beatriz Frohe
Ilustração de capa: Loren Bergantini
Ilustração de miolo: Leblu

ALTA BOOKS
GRUPO EDITORIAL

Rua Viúva Cláudio, 291 — Bairro Industrial do Jacaré
CEP: 20.970-031 — Rio de Janeiro (RJ)
Tels.: (21) 3278-8069 / 3278-8419
www.altabooks.com.br — altabooks@altabooks.com.br
Ouvidoria: ouvidoria@altabooks.com.br

Editora
afiliada à:

Vidas Secas
Graciliano Ramos

André Caramuru Aubert

Vidas Secas ser ou não o melhor romance de Graciliano Ramos é uma questão debatida há décadas que, naturalmente, ainda não tem solução, pois nessas coisas sempre entram graus variados de preferências pessoais e de subjetividade. Há os defensores de *Angústia*, há os que preferem *São Bernardo* e, até os que consideram *Memórias do Cárcere* — ainda que não um romance — a obra-prima do autor. Inegavelmente, *Vidas Secas* é o livro de maior sucesso, mais reeditado, mais traduzido, mais lido e mais imitado de Graciliano. Também é verdade, por outro lado, que este romance é o mais socialmente comprometido, o que pode ajudar a explicar toda a repercussão listada acima. Mas não explicaria tudo, pois é também incontestável que, quando este livro foi publicado, em 1938, o autor estava no auge de sua maturidade estilística. Afinal, *Vidas Secas* viria a ser o seu quarto e também último romance. Depois dele, foram publicadas duas coletâneas de contos (*Histórias Incompletas*, 1946, e *Insônia*, 1947), algumas de reuniões de crônicas (entre as quais *Viagem*, 1954, e *Linhas Tortas*, 1962, edições póstumas) e dois livros de memórias (*Infância*, 1945, e *Memórias do Cárcere*, editado postumamente em 1953, no qual Graciliano trabalhava quando morreu), além de textos avulsos e reuniões de correspondências.

Graciliano Ramos: um romancista improvável

Graciliano Ramos nasceu em Quebrangulo, interior de Alagoas, em 1892. Foi o primogênito de dezesseis filhos de uma família de classe média. Ainda que, desde criança, tenha manifestado talento e vontade de escrever, primeiro contribuindo para o jornal da escola, e logo depois para periódicos de alcance municipal ou estadual, a tendência natural era a de que se acomodasse aos destinos de uma família com alguma cultura, mas poucas posses, seguindo os passos do pai como pequeno comerciante de tecidos, ou ocupasse cargos menores na política estadual. E se, de fato, em mais de um momento da vida, Graciliano trabalhou com o pai, e se também ocupou cargos públicos de alguma importância local, seu destino estava longe dali, tanto geográfica quanto profissionalmente.

A vida literária de Graciliano Ramos teve um começo improvável. Casado, os filhos nascendo em sucessão, ainda que fosse um colaborador bissexto de jornais e trabalhasse num romance que não terminava, o dia a dia estava em trabalhos menos criativos. Ele ainda tentou uma aventura no Rio de Janeiro, para onde foi em 1914 para tentar trabalhar como jornalista, mas, um ano depois, sem ter conseguido passar do cargo de revisor, acabou regressando a Alagoas e voltou a trabalhar com o pai.

Em 1927, numa dessas coincidências da vida, o governador de Alagoas convidou-o para ser prefeito da cidade de Palmeira dos Índios. A eleição, com candidatura única naqueles tempos de cartas marcadas da República Velha, não foi um problema. Os problemas vieram depois: administrar a cidade, lidar com os políticos locais e com as picuinhas. Ao final do primeiro ano, Graciliano enviou um relatório ao governador. Ao final do segundo, mais um. E, por não mais suportar aquela vida, renunciou. Mas os relatórios enviados ao governador, deliciosas peças literárias, acabaram ganhado vida própria, e circularam pelo país, deliciando seus eventuais leitores.

No Rio de Janeiro, um desses leitores foi o editor e poeta modernista Augusto Frederico Schmidt, que, considerando, com razão, que o autor daquelas linhas era um escritor nato, procurou o alagoano e o convidou para publicar um romance. Graciliano, então, teve ânimo para voltar ao seu romance, há anos sem terminar, e, em 1933, *Caetés* seria publicado no Rio de Janeiro, inaugurando a carreira literária de Graciliano Ramos. Ainda que esse livro possa não ter a mesma qualidade de obras posteriores, *Caetés* tinha o bastante para estabelecer o nome de Graciliano Ramos como um escritor de peso. Logo no ano seguinte à estreia literária, apareceu, em 1934, *São Bernardo*, que reforçou a admiração da crítica e dos leitores pelo autor alagoano.

No entanto, viúvo desde 1920, casado novamente, quatro filhos do primeiro casamento, mais três do segundo, Graciliano não podia pensar em depender apenas de seus livros para viver — na realidade, nunca pôde, mesmo no auge da carreira. Assim, continuou a ocupar cargos públicos e a escrever para jornais. Ao mesmo tempo, suas inclinações políticas se orientavam cada vez mais para a esquerda. Embora não pertencesse ainda ao Partido Comunista Brasileiro, nem tenha tomado parte na tentativa de golpe da Aliança Nacional Libertadora em 1935, a radicalização política daqueles anos da ditadura Vargas foi tornando sua vida de funcionário público insustentável. Em 1936, ele ocupava o cargo de Diretor de Instrução Pública em Alagoas, mais ou menos o equivalente, hoje, a Secretário de Educação. Ainda que prestigiado pelo governador, foi demitido e, no dia seguinte, preso. Na ocasião, ele trabalhava nos últimos ajustes do seu terceiro romance, *Angústia*, que viria a ser publicado, com a ajuda de amigos, enquanto ele estava preso.

Ainda que sem uma acusação formal, Graciliano ficou preso por onze meses, primeiro em Maceió, depois em Recife, em seguida no Rio de Janeiro, no presídio de Ilha Grande. Mais ou menos um ano após sair da prisão, Graciliano publicaria *Vidas Secas* (1938), seu último romance. Ainda sairiam outros livros, mas nenhum novo romance. A realidade é que a carreira literária de Graciliano foi muito curta, de cerca de apenas vinte anos. Em primeiro lugar, porque estreou tarde, com mais de quarenta anos; mas, principalmente, porque morreu muito cedo, com sessenta, fumante compulsivo que era, vítima de um câncer de pulmão.

Vidas Secas

No começo, era apenas "Baleia", um conto sobre a morte de uma cachorrinha, baseado numa remota lembrança da infância do autor. Embora não estivesse totalmente satisfeito com o resultado — exigente, ele raramente achava bom o que escrevia —, o conto foi enviado mesmo assim para um concurso literário, pois Graciliano estava, como era rotineiro em sua vida, desesperadamente precisando de dinheiro. Além disso, mandou uma cópia também para Buenos Aires, na Argentina, onde seu tradutor pedira contos de temática regional para publicar por lá, algo que poderia render mais uns cobres.

Graciliano Ramos, já um autor renomado, vivia no Rio de Janeiro desde que saíra da prisão, e frequentava o círculo literário da Livraria José Olympio. Mas, apesar do prestígio de que desfrutava, não conseguia perder a insegurança com relação ao que escrevia. Assim, depois de enviar o conto ao jornal, permaneceu por alguns dias trancado na pensão em que morava, receoso da recepção que o conto teria entre seus pares. Quando soube que a reação havia sido positiva, animou-se a ir até a José Olympio encontrá-los. Lá, recebeu os elogios dos colegas José Lins do Rego, Augusto Frederico Schmidt e Afonso Arinos, e acabou se entusiasmando a expandir o conto.

Capítulos foram surgindo para frente e para trás, e "Baleia" acabaria por ser o nono dos treze que compõem *Vidas Secas*, o qual, antes de ser assim chamado, teve os títulos provisórios de *Baleia* (claro) e *O mundo coberto de penas* — que viria a ser o penúltimo capítulo. A maior parte dos capítulos também teve vida própria, publicados como contos, aqui e ali, antes de serem organizados em sequência e virarem um romance.

Lidos em seu conjunto, os capítulos de *Vidas Secas* contam a história de uma família que é obrigada a migrar para sobreviver, enfrentando todas as agruras que a natureza cruel, por um lado, e a sociedade humana, ainda mais cruel, por outro, impõem a eles. Com o foco ora no pai, Fabiano, ora em sinhá Vitória, sua esposa, ora nos dois filhos, ora na cachorra Baleia, o pano de fundo é a aridez da vida, das pessoas, do entorno, da viagem.

Depois de um nascimento assim conturbado, é até curioso que *Vidas Secas* seja esta obra-prima tão bem resolvida e estruturada. Mais ainda, o livro não só foi um sucesso imediato como continua a sê-lo, com mais de 150 edições depois da publicação original. Traduzido para incontáveis idiomas, a obra foi muito premiada e é até hoje imitada. Inspirou peças teatrais e foi adaptada para o cinema por Nelson Pereira dos Santos, numa produção de 1963 que é considerada um dos melhores filmes brasileiros e latino-americanos de todos os tempos, além de ter sido incluído no prestigiado guia de Jay Schneider, *1001 filmes para ver antes de morrer*.

Único romance de Graciliano narrado na terceira pessoa, *Vidas Secas* foi, de longe, o livro de maior sucesso do autor. Se foi o melhor ou não, é, como já mencionado, um debate sem fim em que posições apaixonadas se manifestam, sem que uma conclusão objetiva seja possível. A unanimidade inescapável é que este um livro excepcional. Por quê? Aqui precisamos separar os aspectos mais gerais ou, por assim dizer, gracilianescos, e os específicos, particulares de *Vidas Secas*.

Quanto aos aspectos gerais, *Vidas Secas* traz Graciliano Ramos em sua melhor forma. O estilo que já polira nos romances anteriores está aqui, lapidar: ritmo narrativo impecável, frases precisas, economia de adjetivos, aridez nas palavras combinando com a aridez da paisagem e dos personagens.

Nos aspectos particulares, *Vidas Secas* é um livro sobre pessoas não apenas secas, mas até mesmo opacas. Não porque sejam pouco visíveis, mas porque o mundo não se esforça em acolhê-las. O protagonista, Fabiano, casado com sinhá Vitória, pai do menino mais velho e do menino mais novo (o leitor não fica sabendo o nome deles) e dono da cachorra Baleia ("tutor", aqui, seria um anacronismo sem sentido) é um sertanejo com dificuldade em compreender o mundo, as pessoas e os negócios. A maestria com que Graciliano narra a turbidez com que Fabiano enxerga um mundo que o maltrata é algo que ninguém igualou na literatura brasileira e que foi muito raramente atingida na literatura universal. Algo que vemos no Samuel Beckett de *Malone Morre*, no Albert Camus de *O Estrangeiro*, no J. M. Coetzee de *Vida e época de Michael K* e em outros poucos casos.

Graciliano Ramos era assumidamente um simpatizante da esquerda, fazendo com que, como vimos, ao ser encarcerado pela ditadura Vargas, acabou por retirar-lhe onze meses de liberdade. Mas, embora a visão de mundo de Graciliano seja inseparável de toda a sua obra literária, o romance em que isso fica mais explícito é *Vidas Secas*. E isso pode ser apontado em três aspectos:

Em primeiro lugar, o *locus* ocupado por Fabiano e sua família é o mais baixo possível na estrutura social brasileira das primeiras décadas do século XX. Fabiano é explorado pelo dono da terra (o fazendeiro), enganado pelo dono do armazém (o comerciante) e abusado pelo Estado (o soldado amarelo).

O segundo aspecto é que, ao sentir na pele a exploração que sofre, mas não ter meios de entendê-la claramente — os juros cobrados pelo fazendeiro, o querosene aguado vendido pelo comerciante e a arbitrariedade praticada pelo soldado —, e muito menos lutar contra ela, Fabiano vive, concretamente, o conceito de alienação proposto por Karl Marx. Até porque, naquele universo agrário arcaico onde vive, Fabiano, que não teve acesso à escola e não sabe ler e escrever, não teria como receber informações e nem como participar de alguma organização, como um sindicato ou um partido, algo que pudesse se contrapor aos desmandos dos donos do capital e dos agentes do Estado.

O terceiro aspecto é o otimismo. Um comunista que vivesse entre o começo e meados do século passado era, por definição, um otimista. Mais do que vontade, havia a crença de que o mundo poderia e viria a ser mudado. A União Soviética era um farol no horizonte, e a chegada de tempos melhores, ainda que fosse uma realidade difícil de atingir, ela era praticamente inevitável, pois estava, afinal de contas, prevista nas análises "científicas" do materialismo histórico de Karl Marx. Se tudo isso soa distante e até mesmo irreal hoje em dia, não era assim que uma pessoa de esquerda via o mundo na década de 1930. O otimismo não era apenas algo que se podia sentir, era algo que se deveria difundir, pois ele inspiraria as pessoas e ajudaria no caminho para a transformação social. Assim, apesar de a realidade vivida por Fabiano e sua família ao longo das páginas de *Vidas Secas* indicar o oposto, o desfecho do romance, no diálogo entre o casal em fuga da fazenda arruinada, enquanto marcham com sede e com fome, pela catinga assolada pela seca, é de otimismo: os filhos de Fabiano não serão vaqueiros como o pai — a categoria social alienada e explorada de um mundo arcaico e medieval —, mas proletários na cidade grande — a dos trabalhadores urbanos, modernos, esclarecidos, que seriam o motor da Revolução.

Estes aspectos político-ideológicos são indissociáveis de *Vidas Secas*, e inegavelmente é, em parte, a eles que se deve, até hoje, o enorme sucesso deste livro. Mas seria equivocado reduzir a isso a força desse romance monumental. Assim como *Guernica*, de Picasso, deve muito de sua repercussão ao fato de denunciar um bombardeio nazi-fascista a uma cidade espanhola, mas não é considerada uma das maiores obras-primas da pintura do século XX apenas por isso. O que conta é o que o artista conseguiu transmitir a partir daquele ponto de partida, e como realizou isso. É o mesmo com *Vidas Secas*. Muita gente escreveu e ainda escreve romances denunciando a miséria dos trabalhadores rurais do Nordeste e de outras regiões do interior do Brasil. Mas só uma pessoa fez isso com a força e o estilo de *Vidas Secas*. Como admitiu Antonio Candido na conclusão do texto "A Revolução de 1930 e a cultura": "E talvez um artista de grande nível, como Graciliano Ramos, tenha sido mais valorizado pelo temário, considerado inconformista e contundente, do que pela rara qualidade da fatura, que lhe permitiu fazer obras realmente válidas.[1]"

Para além do temário "político" ou de "denúncia" do qual falamos e Antonio Candido ressalta, por que um romance de poucas páginas como *Vidas Secas* foi e é tão admirado por tanta gente de tantas escolas críticas? Alfredo Bosi, por exemplo, sugere uma resposta lembrando que a construção do protagonista é única, escapando das soluções simples e planas: "O realismo de Graciliano não é orgânico nem espontâneo. É crítico. O 'herói' é sempre um problema: não aceita o mundo, nem os outros, nem a si mesmo (...)." E completa: "Daí parecer precária, se não falsa, a nota de regionalismo que se costuma dar a obras em tudo universais como *São Bernardo* e *Vidas Secas*.[2]" Outros críticos mencionam a elevada tensão que fica no ar, em cada página, em cada linha, da insegurança permanente, diante das possibilidades sempre iminentes de uma nova seca, da expulsão da terra, da fome, de alguma prisão arbitrária. E a tensão não para por aí, pois em inúmeros momentos é Fabiano quem parece estar prestes a explodir diante das humilhações que sofre, seja

---

1 "A revolução de 1930 e a cultura", in Antonio Candido, *A Educação pela Noite e outros ensaios*, São Paulo: Editora Ática, 1987.

2 Alfredo Bosi, *História Concisa da Literatura Brasileira*. São Paulo: Cultrix, 3ª ed., 1985.

do fazendeiro, seja do comerciante, seja do policial. Mas seriam explosões que, caso levadas adiante, não seriam ainda relação com as revoluções emancipadoras do socialismo, mas com as revoltas primitivas de final trágico como a de Canudos.

Além disso, pode-se destacar mais dois aspectos importantes de *Vidas Secas*: em primeiro lugar, o fato de ter se originado em contos, como já citado, em vez de trazer desvantagem, acabou por dar ao livro uma estrutura inovadora e bastante interessante — semelhante à que Julio Cortázar utilizaria três décadas depois em *O jogo da Amarelinha*, no qual, exceto pelo primeiro e último capítulos, todos os outros podem ser lidos na ordem que se queira, pois não há clara cronologia entre eles. Como sugeriu o cronista Rubem Braga, *Vidas Secas* seria "um romance desmontável".

E, finalmente, há o estilo de escrita de Graciliano: inconfundível, preciso, cortante, econômico, que, sendo uma marca registrada de toda a sua obra, não é uma exclusividade de *Vidas Secas*, mas aqui talvez tenha atingido seu ápice, até porque combina admiravelmente com os personagens e o ambiente descritos.

Se *Vidas Secas* é ou não o melhor romance de Graciliano Ramos, trata-se, como vimos, de uma questão com resposta impossível. Mas, quando se afirma que esta é uma das maiores e mais fortes obras criadas pela literatura brasileira de todos os tempos, pouca gente ousará discordar.

Cronologia

1892 – Nasce, em 27 de outubro, Graciliano Ramos de Oliveira, em Quebrangulo, interior de Alagoas, filho de Sebastião Ramos de Oliveira e Maria Amélia Ramos, primogênito dos dezesseis filhos do casal.

1900 – A família se muda para Viçosa, em Alagoas, cidade futuramente escolhida para cenário de *São Bernardo*. Nos anos seguintes, Graciliano começará a colaborar esporadicamente com jornais e revistas literárias, como o *Jornal de Alagoas* e *O Malho*.

1910 – Nova mudança familiar, agora para Palmeira dos Índios, também em Alagoas.

1914 – Graciliano viaja para o Rio de Janeiro, onde trabalhará como revisor em três jornais: *Correio da Manhã*, *A Tarde* e *O Século*, além de colaborações eventuais para o jornal *Paraíba do Sul*, órgão do interior do Rio.

1915 – Regresso a Palmeira dos Índios, onde vai trabalhar com o pai na loja de tecidos *A Sincera*. Casamento com Maria Augusta de Barros.

1917 – Assume a loja de tecidos no lugar do pai.

1920 – Morte da esposa após problemas de parto, deixando Graciliano com os filhos pequenos Márcio Ramos (1916), Júnio Ramos (1917), Múcio Ramos (1919) e Maria Ramos (1920). Continua a colaborar com jornais.

1925 – Começa a escrever *Caetés*, que, no entanto, não terminará tão cedo.

1926 – Primeiro cargo público, responsável pela educação municipal de Palmeira dos Índios.

1927 – Eleito prefeito de Palmeira dos Índios, em eleição de candidato único.

1928 – Toma posse como prefeito de Palmeira dos Índios. Casa-se, em Maceió, com Heloísa de Medeiros, com quem terá quatro filhos: Ricardo (1929), Roberto (1930), Luísa (1931) e Clara (1932). Roberto falecerá com seis meses de idade.

1929 – Envia o primeiro relatório de sua gestão como prefeito ao governador de Alagoas. Termina a versão inicial de *Caetés*.

1930 – Envia o segundo relatório ao governador. Renuncia ao cargo de prefeito e muda-se para Maceió, onde é nomeado diretor da Imprensa Oficial do Estado. Continua a colaborar com a imprensa. Em outubro, na chamada Revolução de 30, Getúlio Vargas derruba o governo de Washington Luís, dando fim à República Velha.

1932 – Demite-se do cargo de diretor da Imprensa Oficial e regressa a Palmeira dos Índios. Começa a escrever *São Bernardo*.

1933 – Volta a Maceió, onde é nomeado Diretor da Instrução Pública do Estado (o equivalente, hoje, a Secretário da Educação). Incentivado por Augusto Frederico Schmidt, revisa e publica *Caetés*.

1934 – Publica *São Bernardo*. Começa a escrever *Angústia*, seu terceiro romance.

1935 – Em outubro, tentativa frustrada de golpe comunista, liderada pela Aliança Nacional Libertadora com apoio do PCB, que ficaria conhecido como "Intentona Comunista".

1936 – Enquanto fazia as revisões finais em *Angústia*, é demitido do cargo de Diretor da Instrução Pública, sendo preso, sem uma acusação formal, no dia seguinte. Ainda que simpatizante do PCB, Graciliano não era filiado ao partido e nem tomou parte na chamada "Intentona Comunista", organizada pela ANL no ano anterior. Preso, é levado inicialmente para o Recife, e de lá para o Rio de Janeiro, onde ficará detido no presídio de Ilha Grande. Com o apoio de amigos do autor, *Angústia* é publicado no Rio.

1937 – É libertado da prisão depois de onze meses e nenhuma acusação. Passa a viver no Rio de Janeiro. Publica *A terra dos meninos pelados*, que recebe o prêmio de Literatura Infantil do Ministério da Educação. Em novembro, Getúlio Vargas liderara um novo golpe de Estado, radicalizando o caráter ditatorial de seu governo, inaugurando o chamado "Estado Novo".

1938 – Graciliano publica *Vidas Secas*, seu quarto e último romance.

1939 – É nomeado Inspetor Federal do Ensino Secundário no Rio de Janeiro.

1940–944 – Publicações variadas, traduções, colaborações.

1945 – Publicação do livro de memórias *Infância* e do livro de contos *Dois dedos*. Em novembro, Getúlio Vargas é derrubado, encerrando-se o Estado Novo. A democracia é restaurada e o Partido Comunista Brasileiro (PCB) é colocado na legalidade. Graciliano filia-se ao PCB.

1946 – Publicação do livro de contos *Histórias Incompletas*. Começa a escrever *Memórias do Cárcere*.

1947 – Publicação do livro de contos *Insônia*.

1948–1950 – Publicações variadas. Traduz o romance *A Peste*, de Albert Camus.

1951 – Torna-se presidente da ABE – Associação Brasileira de Escritores, de forte influência do PCB.

1952 – Viaja à Europa, visitando a então União Soviética, a Tchecoslováquia, a França e Portugal.

1953 – Morre no Rio de Janeiro, no dia 20 de março, vítima de um câncer no pulmão. Publicação póstuma de *Memórias do Cárcere*, deixado sem terminar e com um último capítulo assinado pelo filho de Graciliano, o também escritor Ricardo Ramos. Outras obras ainda seriam publicadas postumamente nos anos seguintes, como *Viagem* (1954), *Viventes das Alagoas* (1962) e *Linhas Tortas* (1962).

MUDANÇA

Na planície avermelhada os juazeiros alargavam duas manchas verdes. Os infelizes tinham caminhado o dia inteiro, estavam cansados e famintos. Ordinariamente andavam pouco, mas como haviam repousado bastante na areia do rio seco, a viagem progredira bem três léguas. Fazia horas que procuravam uma sombra. A folhagem dos juazeiros apareceu longe, através dos galhos pelados da catinga rala.

Arrastaram-se para lá, devagar, sinhá Vitória com o filho mais novo escanchado no quarto e o baú de folha na cabeça, Fabiano sombrio, cambaio, o aió a tiracolo, a cuia pendurada numa correia presa ao cinturão, a espingarda de pederneira no ombro. O menino mais velho e a cachorra Baleia iam atrás.

Os juazeiros aproximaram-se, recuaram, sumiram-se. O menino mais velho pôs-se a chorar, sentou-se no chão.

— Anda, condenado do diabo — gritou-lhe o pai.

Não obtendo resultado, fustigou-o com a bainha da faca de ponta. Mas o pequeno esperneou acuado, depois sossegou, deitou-se, fechou os olhos. Fabiano ainda lhe deu algumas pancadas e esperou que ele se levantasse. Como isto não acontecesse, espiou os quatro cantos, zangado, praguejando baixo.

A catinga estendia-se, de um vermelho indeciso salpicado de manchas brancas que eram ossadas. O voo negro dos urubus fazia círculos altos em redor de bichos moribundos.

— Anda, excomungado.

O pirralho não se mexeu, e Fabiano desejou matá-lo. Tinha o coração grosso, queria responsabilizar alguém pela sua desgraça. A seca aparecia-lhe como um fato necessário — e a obstinação da criança irritava-o. Certamente esse obstáculo miúdo não era culpado, mas dificultava a marcha, e o vaqueiro precisava chegar, não sabia onde.

Tinham deixado os caminhos, cheios de espinho e seixos, fazia horas que pisavam a margem do rio, a lama seca e rachada que escaldava os pés.

Pelo espírito atribulado do sertanejo passou a ideia de abandonar o filho naquele descampado. Pensou nos urubus, nas ossadas, coçou a barba ruiva e suja, irresoluto, examinou os arredores. Sinhá Vitória estirou o beiço indicando vagamente uma direção e afirmou com alguns sons guturais que estavam perto. Fabiano meteu a faca na bainha, guardou-a no cinturão, acocorou-se, pegou no pulso do menino, que se encolhia, os joelhos encostados ao estômago, frio como um defunto. Aí a cólera desapareceu e Fabiano teve pena. Impossível abandonar o anjinho aos bichos do mato. Entregou a espingarda a sinhá Vitória, pôs o filho no cangote, levantou-se, agarrou os bracinhos que lhe caíam sobre o peito, moles, finos como cambitos. Sinhá Vitória aprovou esse arranjo, lançou de novo a interjeição gutural, designou os juazeiros invisíveis.

E a viagem prosseguiu, mais lenta, mais arrastada, num silêncio grande.

Ausente do companheiro, a cachorra Baleia tomou a frente do grupo. Arqueada, as costelas à mostra, corria ofegando, a língua fora da boca. E de quando em quando se detinha, esperando as pessoas, que se retardavam.

Ainda na véspera eram seis viventes, contando com o papagaio. Coitado, morrera na areia do rio, onde haviam descansado, à beira de uma poça: a fome apertara demais os retirantes e por ali não existia sinal de comida. Baleia jantara os pés, a cabeça, os ossos do amigo, e não guardava lembrança disto. Agora, enquanto parava, dirigia as pupilas brilhantes aos objetos familiares, estranhava não ver sobre o baú de folha a gaiola pequena onde a ave se equilibrava mal. Fabiano também às vezes sentia falta dela, mas logo a recordação chegava. Tinha andado a procurar raízes, à toa: o resto de farinha acabara, não se ouvia um berro de rês perdida na catinga. Sinhá Vitória, queimando o assento no chão, as mãos cruzadas segurando os joelhos ossudos, pensava em acontecimentos antigos que não se relacionavam: festas de casamento, vaquejadas, novenas, tudo numa confusão. Despertara-a um grito áspero, vira de perto a realidade e o papagaio, que andava furioso, com os pés apalhetados, numa atitude ridícula. Resolvera de supetão aproveitá-lo como alimento e justificara-se declarando a si mesma que ele era mudo e inútil. Não podia deixar de ser mudo. Ordinariamente a família falava pouco. E depois daquele desastre viviam todos calados, raramente soltavam palavras curtas. O louro aboiava, tangendo um gado inexistente, e latia arremedando a cachorra.

As manchas dos juazeiros tornaram a aparecer, Fabiano aligeirou o passo, esqueceu a fome, a canseira e os ferimentos. As alpercatas dele estavam gastas nos saltos, e a embira tinha-lhe aberto entre os dedos rachaduras muito dolorosas. Os calcanhares, duros como cascos, gretavam-se e sangravam.

Num cotovelo do caminho avistou um canto de cerca, encheu-o a esperança de achar comida, sentiu desejo de cantar. A voz saiu-lhe rouca, medonha. Calou-se para não estragar força.

Deixaram a margem do rio, acompanharam a cerca, subiram uma ladeira, chegaram aos juazeiros. Fazia tempo que não viam sombra.

Sinhá Vitória acomodou os filhos, que arriaram como trouxas, cobriu-os com molambos. O menino mais velho, passada a vertigem que o derrubara, encolhido sobre folhas secas, a cabeça encostada a uma raiz, adormecia, acordava. E quando abria os olhos, distinguia vagamente um monte próximo, algumas pedras, um carro de bois. A cachorra Baleia foi enroscar-se junto dele.

Estavam no pátio de uma fazenda sem vida. O curral deserto, o chiqueiro das cabras arruinado e também deserto, a casa do vaqueiro fechada, tudo anunciava abandono. Certamente o gado se finara e os moradores tinham fugido.

Fabiano procurou em vão perceber um toque de chocalho. Avizinhou-se da casa, bateu, tentou forçar a porta. Encontrando resistência, penetrou num cercadinho cheio de plantas mortas, rodeou a tapera, alcançou o terreiro do fundo, viu um barreiro vazio, um bosque de catingueiras murchas, um pé de turco e o prolongamento da cerca do curral. Trepou-se no mourão do canto, examinou a catinga, onde avultavam as ossadas e o negrume dos urubus. Desceu, empurrou a porta da cozinha. Voltou desanimado, ficou um instante no copiar, fazendo tenção de hospedar ali a família. Mas chegando aos juazeiros, encontrou os meninos adormecidos e não quis acordá-los. Foi apanhar gravetos, trouxe do chiqueiro das cabras uma braçada de madeira meio roída pelo cupim, arrancou touceiras de macambira, arrumou tudo para a fogueira.

Nesse ponto Baleia arrebitou as orelhas, arregaçou as ventas, sentiu cheiro de preás, farejou um minuto, localizou-os no morro próximo e saiu correndo.

Fabiano seguiu-a com a vista e espantou-se: uma sombra passava por cima do monte. Tocou o braço da mulher, apontou o céu, ficaram os dois algum tempo aguentando a claridade do sol. Enxugaram as lágrimas, foram agachar-se perto dos filhos, suspirando, conservaram-se encolhidos, temendo que a nuvem se tivesse desfeito, vencida pelo azul terrível, aquele azul que deslumbrava e endoidecia a gente.

Entrava dia e saía dia. As noites cobriam a terra de chofre. A tampa anilada baixava, escurecia, quebrada apenas pelas vermelhidões do poente.

Miudinhos, perdidos no deserto queimado, os fugitivos agarraram-se, somaram as suas desgraças e os seus pavores. O coração de Fabiano bateu junto do coração de sinhá Vitória, um abraço cansado aproximou os farrapos que os cobriam. Resistiram à fraqueza, afastaram-se envergonhados, sem ânimo de afrontar de novo a luz dura, receosos de perder a esperança que os alentava.

Iam-se amodorrando e foram despertados por Baleia, que trazia nos dentes um preá. Levantaram-se todos gritando. O menino mais velho esfregou as pálpebras, afastando pedaços de sonho. Sinhá Vitória beijava o focinho de Baleia, e como o focinho estava ensanguentado, lambia o sangue e tirava proveito do beijo.

Aquilo era caça bem mesquinha, mas adiaria a morte do grupo. E Fabiano queria viver. Olhou o céu com resolução. A nuvem tinha crescido, agora cobria o morro inteiro. Fabiano pisou com segurança, esquecendo as rachaduras que lhe estragavam os dedos e os calcanhares.

Sinhá Vitória remexeu no baú, os meninos foram quebrar uma haste de alecrim para fazer um espeto. Baleia, o ouvido atento, o traseiro em repouso e as pernas da frente erguidas, vigiava, aguardando a parte que lhe iria tocar, provavelmente os ossos do bicho e talvez o couro.

Fabiano tomou a cuia, desceu a ladeira, encaminhou-se ao rio seco, achou no bebedouro dos animais um pouco de lama. Cavou a areia com as unhas, esperou que a água marejasse e, debruçando-se no chão, bebeu muito. Saciado, caiu de papo para cima, olhando as estrelas, que vinham nascendo. Uma, duas, três, quatro, havia muitas estrelas, havia mais de cinco estrelas no céu. O poente cobria-se de cirros — e uma alegria doida enchia o coração de Fabiano.

Pensou na família, sentiu fome. Caminhando, movia-se como uma coisa, para bem dizer não se diferençava muito da bolandeira de seu Tomás. Agora, deitado, apertava a barriga e batia os dentes. Que fim teria levado a bolandeira de seu Tomás?

Olhou o céu de novo. Os cirros acumulavam-se, a lua surgiu, grande e branca. Certamente ia chover.

Seu Tomás fugira também, com a seca, a bolandeira estava parada. E ele, Fabiano, era como a bolandeira. Não sabia por que, mas era. Uma, duas, três, havia mais de cinco estrelas no céu. A lua estava cercada de um halo cor de leite. Ia chover. Bem. A catinga ressuscitaria, a semente do gado voltaria ao curral, ele, Fabiano, seria o vaqueiro daquela fazenda morta. Chocalhos de badalos de ossos animariam a solidão. Os meninos, gordos, vermelhos, brincariam no chiqueiro das cabras, sinhá Vitória vestiria saias de ramagens vistosas. As vacas povoariam o curral. E a catinga ficaria toda verde.

Lembrou-se dos filhos, da mulher e da cachorra, que estavam lá em cima, debaixo de um juazeiro, com sede. Lembrou-se do preá morto. Encheu a cuia, ergueu-se, afastou-se, lento, para não derramar a água salobra. Subiu a ladeira. A aragem morna sacudia os xiquexiques e os mandacarus. Uma palpitação nova. Sentiu um arrepio na catinga, uma ressurreição de garranchos e folhas secas.

Chegou. Pôs a cuia no chão, escorou-a com pedras, matou a sede da família. Em seguida acocorou-se, remexeu o aió, tirou o fuzil, acendeu as raízes de macambira, soprou-as, inchando as bochechas cavadas. Uma labareda tremeu, elevou-se, tingiu-lhe o rosto queimado, a barba ruiva, os olhos azuis. Minutos depois o preá torcia-se e chiava no espeto de alecrim.

Eram todos felizes. Sinhá Vitória vestiria uma saia larga de ramagens. A cara murcha de sinhá Vitória remoçaria, as nádegas bambas de sinhá Vitória engrossariam, a roupa encarnada de sinhá Vitória provocaria a inveja das outras caboclas.

A lua crescia, a sombra leitosa crescia, as estrelas foram esmorecendo naquela brancura que enchia a noite. Uma, duas, três, agora havia poucas estrelas no céu. Ali perto a nuvem escurecia o morro.

A fazenda renasceria — e ele, Fabiano, seria o vaqueiro, para bem dizer seria dono daquele mundo.

Os troços minguados ajuntavam-se no chão: a espingarda de pederneira, o aió, a cuia de água e o baú de folha pintada. A fogueira estalava. O preá chiava em cima das brasas.

Uma ressurreição. As cores da saúde voltariam à cara triste de sinhá Vitória. Os meninos se espojariam na terra fofa do chiqueiro das cabras. Chocalhos tilintariam pelos arredores. A catinga ficaria verde.

Baleia agitava o rabo, olhando as brasas. E como não podia ocupar-se daquelas coisas, esperava com paciência a hora de mastigar os ossos. Depois iria dormir.

FABIANO

Fabiano curou no rasto a bicheira da novilha raposa. Levava no aió um frasco de creolina, e se houvesse achado o animal, teria feito o curativo ordinário. Não o encontrou, mas supôs distinguir as pisadas dele na areia, baixou-se, cruzou dois gravetos no chão e rezou. Se o bicho não estivesse morto, voltaria para o curral, que a oração era forte.

Cumprida a obrigação, Fabiano levantou-se com a consciência tranquila e marchou para casa. Chegou-se à beira do rio. A areia fofa cansava-o, mas ali, na lama seca, as alpercatas dele faziam chape-chape, os badalos dos chocalhos que lhe pesavam no ombro, pendurados em correias, batiam surdos. A cabeça inclinada, o espinhaço curvo, agitava os braços para a direita e para a esquerda. Esses movimentos eram inúteis, mas o vaqueiro, o pai do vaqueiro, o avô e outros antepassados mais antigos haviam-se acostumado a percorrer veredas, afastando o mato com as mãos. E os filhos já começavam a reproduzir o gesto hereditário.

Chape-chape. Os três pares de alpercatas batiam na lama rachada, seca e branca por cima, preta e mole por baixo. A lama da beira do rio, calcada pelas alpercatas, balançava.

A cachorra Baleia corria na frente, o focinho arregaçado, procurando na catinga a novilha raposa.

Fabiano ia satisfeito. Sim senhor, arrumara-se. Chegara naquele estado, com a família morrendo de fome, comendo raízes. Caíra no fim do pátio, debaixo de um juazeiro, depois tomara conta da casa deserta. Ele, a mulher e os filhos tinham-se habituado à camarinha escura, pareciam ratos — e a lembrança dos sofrimentos passados esmorecera.

Pisou com firmeza no chão gretado, puxou a faca de ponta, esgaravatou as unhas sujas. Tirou do aió um pedaço de fumo, picou-o, fez um cigarro com palha de milho, acendeu-o ao binga, pôs-se a fumar regalado.

— Fabiano, você é um homem — exclamou em voz alta.

Conteve-se, notou que os meninos estavam perto, com certeza iam admirar-se ouvindo-o falar só. E, pensando bem, ele não era homem: era apenas um cabra ocupado em guardar coisas dos outros. Vermelho, queimado, tinha os olhos azuis, a barba e os cabelos ruivos; mas como vivia em terra alheia, cuidava de animais alheios, descobria-se, encolhia-se na presença dos brancos e julgava-se cabra.

Olhou em torno, com receio de que, fora os meninos, alguém tivesse percebido a frase imprudente. Corrigiu-a, murmurando:

— Você é um bicho, Fabiano.

Isto para ele era motivo de orgulho. Sim senhor, um bicho, capaz de vencer dificuldades.

Chegara àquela situação medonha — e ali estava, forte, até gordo, fumando o seu cigarro de palha.

— Um bicho, Fabiano.

Era. Apossara-se da casa porque não tinha onde cair morto, passara uns dias mastigando raiz de imbu e sementes de mucunã. Viera a trovoada. E, com ela, o fazendeiro, que o expulsara. Fabiano fizera-se desentendido e oferecera os seus préstimos, resmungando, coçando os cotovelos, sorrindo aflito. O jeito que tinha era ficar. E o patrão aceitara-o, entregara-lhe as marcas de ferro.

Agora Fabiano era vaqueiro, e ninguém o tiraria dali. Aparecera como um bicho, entocara-se como um bicho, mas criara raízes, estava plantado. Olhou as quipás, os mandacarus e os xiquexiques. Era mais forte que tudo isso, era como as catingueiras e as baraúnas. Ele, sinhá Vitória, os dois filhos e a cachorra Baleia estavam agarrados à terra.

Chape-chape. As alpercatas batiam no chão rachado. O corpo do vaqueiro derreava-se, as pernas faziam dois arcos, os braços moviam-se desengonçados. Parecia um macaco.

Entristeceu. Considerar-se plantado em terra alheia! Engano. A sina dele era correr mundo, andar para cima e para baixo, à toa, como judeu errante. Um vagabundo empurrado pela seca. Achava-se ali de passagem, era hóspede. Sim senhor, hóspede que se demorava demais, tomava amizade à casa, ao curral, ao chiqueiro das cabras, ao juazeiro que os tinha abrigado uma noite.

Deu estalos com os dedos. A cachorra Baleia, aos saltos, veio lamber-lhe as mãos grossas e cabeludas. Fabiano recebeu a carícia, enterneceu-se:

— Você é um bicho, Baleia.

Vivia longe dos homens, só se dava bem com animais. Os seus pés duros quebravam espinhos e não sentiam a quentura da terra. Montado, confundia-se com o cavalo, grudava-se a ele. E falava uma linguagem cantada, monossilábica e gutural, que o companheiro entendia. A pé, não se aguentava bem. Pendia para um lado, para o outro lado, cambaio, torto e feio. Às vezes utilizava nas relações com as pessoas a mesma língua com que se dirigia aos brutos — exclamações, onomatopeias. Na verdade falava pouco. Admirava as palavras compridas e difíceis da gente da cidade, tentava reproduzir algumas, em vão, mas sabia que elas eram inúteis e talvez perigosas.

Uma das crianças aproximou-se, perguntou-lhe qualquer coisa. Fabiano parou, franziu a testa, esperou de boca aberta a repetição da pergunta. Não percebendo o que o filho desejava, repreendeu-o. O menino estava ficando muito curioso, muito enxerido. Se continuasse assim, metido com o que não era da conta dele, como iria acabar? Repeliu-o, vexado:

— Esses capetas têm ideias...

Não completou o pensamento, mas achou que aquilo estava errado. Tentou recordar o seu tempo de infância, viu-se miúdo, enfezado, a camisinha encardida e rota, acompanhando o pai no serviço do campo, interrogando-o debalde. Chamou os filhos, falou de coisas imediatas, procurou interessá-los. Bateu palmas:

— Ecô! ecô!

A cachorra Baleia saiu correndo entre os alastrados e quipás, farejando a novilha raposa. Depois de alguns minutos voltou desanimada, triste, o rabo murcho. Fabiano consolou-a, afagou-a. Queria apenas dar um ensinamento aos meninos. Era bom eles saberem que deviam proceder assim.

Alargou o passo, deixou a lama seca da beira do rio, chegou à ladeira que levava ao pátio. Ia inquieto, uma sombra no olho azulado. Era como se na sua vida houvesse aparecido um buraco. Necessitava falar com a mulher, afastar aquela perturbação, encher os cestos, dar pedaços de mandacaru ao gado. Felizmente a novilha estava curada com reza. Se morresse, não seria por culpa dele.

— Ecô! ecô!

Baleia voou de novo entre as macambiras, inutilmente. As crianças divertiram-se, animaram-se, e o espírito de Fabiano se destoldou. Aquilo é que estava certo. Baleia não podia achar a novilha num banco de macambira, mas era conveniente que os meninos se acostumassem ao exercício fácil — bater palmas, expandir-se em gritaria, seguindo os movimentos do animal. A cachorra tornou a voltar, a língua pendurada, arquejando. Fabiano tomou a frente do grupo, satisfeito com a lição, pensando na égua que ia montar, uma égua que não fora ferrada nem levara sela. Haveria na catinga um barulho medonho.

Agora queria entender-se com sinhá Vitória a respeito da educação dos pequenos. Certamente ela não era culpada. Entregue aos arranjos da casa, regando os craveiros e as panelas de losna, descendo ao bebedouro com o pote vazio e regressando com o pote cheio, deixava os filhos soltos no barreiro, enlameados como porcos. E eles estavam perguntadores, insuportáveis. Fabiano dava-se bem com a ignorância. Tinha o direito de saber? Tinha? Não tinha.

— Está aí.

Se aprendesse qualquer coisa, necessitaria aprender mais, e nunca ficaria satisfeito.

Lembrou-se de seu Tomás da bolandeira. Dos homens do sertão o mais arrasado era seu Tomás da bolandeira. Por quê? Só se era porque lia demais. Ele, Fabiano, muitas vezes dissera: — "Seu Tomás, vossemecê não regula. Para que tanto papel? Quando a desgraça chegar, seu Tomás se estrepa, igualzinho aos outros." Pois viera a seca, e o pobre do velho, tão bom e tão lido, perdera tudo, andava por aí, mole. Talvez já tivesse dado o couro às varas, que pessoa como ele não podia aguentar verão puxado.

Certamente aquela sabedoria inspirava respeito. Quando seu Tomás da bolandeira passava, amarelo, sisudo, corcunda, montado num cavalo cego, pé aqui, pé acolá, Fabiano e outros semelhantes descobriam-se. E seu Tomás respondia tocando na beira do chapéu de palha, virava-se para um lado e para outro, abrindo muito as pernas calçadas em botas pretas com remendos vermelhos.

Em horas de maluqueira Fabiano desejava imitá-lo: dizia palavras difíceis, truncando tudo, e convencia-se de que melhorava. Tolice. Via-se perfeitamente que um sujeito como ele não tinha nascido para falar certo.

Seu Tomás da bolandeira falava bem, estragava os olhos em cima de jornais e livros, mas não sabia mandar: pedia. Esquisitice um homem remediado ser cortês. Até o povo censurava aquelas maneiras. Mas todos obedeciam a ele. Ah! Quem disse que não obedeciam?

Os outros brancos eram diferentes. O patrão atual, por exemplo, berrava sem precisão. Quase nunca vinha à fazenda, só botava os pés nela para achar tudo ruim. O gado aumentava, o serviço ia bem, mas o proprietário descompunha o vaqueiro. Natural. Descompunha porque podia descompor, e Fabiano ouvia as descomposturas com o chapéu de couro debaixo do braço, desculpava-se e prometia emendar-se. Mentalmente jurava não emendar nada, porque estava tudo em ordem, e o amo só queria mostrar autoridade, gritar que era dono. Quem tinha dúvida?

Fabiano, uma coisa da fazenda, um traste, seria despedido quando menos esperasse. Ao ser contratado, recebera o cavalo de fábrica, perneiras, gibão, guarda-peito e sapatões de couro cru, mas ao sair largaria tudo ao vaqueiro que o substituísse.

Sinhá Vitória desejava possuir uma cama igual à de seu Tomás da bolandeira. Doidice. Não dizia nada para não contrariá-la, mas sabia que era doidice.

Cambembes podiam ter luxo? E estavam ali de passagem. Qualquer dia o patrão os botaria fora, e eles ganhariam o mundo, sem rumo, nem teriam meio de conduzir os cacarecos. Viviam de trouxa arrumada, dormiriam bem debaixo de um pau.

Olhou a catinga amarela, que o poente avermelhava. Se a seca chegasse, não ficaria planta verde. Arrepiou-se. Chegaria, naturalmente. Sempre tinha sido assim, desde que ele se entendera. E antes de se entender, antes de nascer, sucedera o mesmo — anos bons misturados com anos ruins. A desgraça estava em caminho, talvez andasse perto. Nem valia a pena trabalhar. Ele marchando para casa, trepando a ladeira, espalhando seixos com as alpercatas — ela se avizinhando a galope, com vontade de matá-lo.

Virou o rosto para fugir à curiosidade dos filhos, benzeu-se. Não queria morrer. Ainda tencionava correr mundo, ver terras, conhecer gente importante como seu Tomás da bolandeira. Era uma sorte ruim, mas Fabiano desejava brigar com ela, sentir-se com força para brigar com ela e vencê-la. Não queria morrer. Estava escondido no mato como tatu. Duro, lerdo como tatu. Mas um dia sairia da toca, andaria com a cabeça levantada, seria homem.

— Um homem, Fabiano.

Coçou o queixo cabeludo, parou, reacendeu o cigarro. Não, provavelmente não seria homem: seria aquilo mesmo a vida inteira, cabra, governado pelos brancos, quase uma rês na fazenda alheia.

Mas depois? Fabiano tinha a certeza de que não se acabaria tão cedo. Passara dias sem comer, apertando o cinturão, encolhendo o estômago. Viveria muitos anos, viveria um século. Mas se morresse de fome ou nas pontas de um touro, deixaria filhos robustos, que gerariam outros filhos.

Tudo seco em redor. E o patrão era seco também, arreliado, exigente e ladrão, espinhoso como um pé de mandacaru.

Indispensável os meninos entrarem no bom caminho, saberem cortar mandacaru para o gado, consertar cercas, amansar brabos. Precisavam ser duros, virar tatus. Se não calejassem, teriam o fim de seu Tomás da bolandeira. Coitado. Para que lhe servira tanto livro, tanto jornal? Morrera por causa do estômago doente e das pernas fracas.

Um dia... Sim, quando as secas desaparecessem e tudo andasse direito... Seria que as secas iriam desaparecer e tudo andar certo? Não sabia. Seu Tomás da bolandeira é que devia ter lido isso. Livres daquele perigo, os meninos poderiam falar, perguntar, encher-se de caprichos. Agora tinham obrigação de comportar-se como gente da laia deles.

Alcançou o pátio, enxergou a casa baixa e escura, de telhas pretas, deixou atrás os juazeiros, as pedras onde se jogavam cobras mortas, o carro de bois.

As alpercatas dos pequenos batiam no chão branco e liso. A cachorra Baleia trotava arquejando, a boca aberta.

Àquela hora sinhá Vitória devia estar na cozinha, acocorada junto à trempe, a saia de ramagens entalada entre as coxas, preparando a janta. Fabiano sentiu vontade de comer. Depois da comida, falaria com sinhá Vitória a respeito da educação dos meninos.

CADEIA

Fabiano tinha ido à feira da cidade comprar mantimentos. Precisava sal, farinha, feijão e rapaduras. Sinhá Vitória pedira além disso uma garrafa de querosene e um corte de chita vermelha. Mas o querosene de seu Inácio estava misturado com água, e a chita da amostra era cara demais.

Fabiano percorreu as lojas, escolhendo o pano, regateando um tostão em côvado, receoso de ser enganado. Andava irresoluto, uma longa desconfiança dava-lhe gestos oblíquos. À tarde puxou o dinheiro, meio tentado, e logo se arrependeu, certo de que todos os caixeiros furtavam no preço e na medida: amarrou as notas na ponta do lenço, meteu-as na algibeira, dirigiu-se à bodega de seu Inácio, onde guardara os picuás.

Aí certificou-se novamente de que o querosene estava batizado e decidiu beber uma pinga, pois sentia calor. Seu Inácio trouxe a garrafa de aguardente. Fabiano virou o copo de um trago, cuspiu, limpou os beiços à manga, contraiu o rosto. Ia jurar que a cachaça tinha água. Por que seria que seu Inácio botava água em tudo? perguntou mentalmente. Animou-se e interrogou o bodegueiro:

— Por que é que vossemecê bota água em tudo?

Seu Inácio fingiu não ouvir. E Fabiano foi sentar-se na calçada, resolvido a conversar. O vocabulário dele era pequeno, mas em horas de comunicabilidade enriquecia-se com algumas expressões de seu Tomás da bolandeira. Pobre de seu Tomás. Um homem tão direito sumir-se como cambembe, andar por este mundo de trouxa nas costas. Seu Tomás era pessoa de consideração e votava. Quem diria?

Nesse ponto um soldado amarelo aproximou-se e bateu familiarmente no ombro de Fabiano:

— Como é, camarada? Vamos jogar um trinta e um lá dentro?

Fabiano atentou na farda com respeito e gaguejou, procurando as palavras de seu Tomás da bolandeira:

— Isto é. Vamos e não vamos. Quer dizer. Enfim, contanto, etc. É conforme.

Levantou-se e caminhou atrás do amarelo, que era autoridade e mandava. Fabiano sempre havia obedecido. Tinha muque e substância, mas pensava pouco, desejava pouco e obedecia.

Atravessaram a bodega, o corredor, desembocaram numa sala onde vários tipos jogavam cartas em cima de uma esteira.

— Desafasta, ordenou o polícia. Aqui tem gente.

Os jogadores apertaram-se, os dois homens sentaram-se, o soldado amarelo pegou o baralho. Mas com tanta infelicidade que em pouco tempo se enrascou. Fabiano encalacrou-se também. Sinhá Vitória ia danar-se, e com razão.

— Bem feito.

Ergueu-se furioso, saiu da sala, trombudo.

— Espera aí, paisano — gritou o amarelo.

Fabiano, as orelhas ardendo, não se virou. Foi pedir a seu Inácio os troços que ele havia guardado, vestiu o gibão, passou as correias dos alforjes no ombro, ganhou a rua.

Debaixo do jatobá do quadro taramelou com sinhá Rita louceira, sem se atrever a voltar para casa. Que desculpa iria apresentar a sinhá Vitória? Forjava uma explicação difícil. Perdera o embrulho da fazenda, pagara na botica uma garrafada para sinhá Rita louceira. Atrapalhava-se: tinha imaginação fraca e não sabia mentir. Nas invenções com que pretendia justificar-se a figura de sinhá Rita aparecia sempre, e isto o desgostava. Arrumaria uma história sem ela, diria que haviam furtado o cobre da chita. Pois não era? Os parceiros o tinham pelado no trinta e um. Mas não devia mencionar o jogo. Contaria simplesmente que o lenço das notas ficara no bolso do gibão e levara sumiço. Falaria assim:

"Comprei os mantimentos. Botei o gibão e os alforjes na bodega de seu Inácio. Encontrei um soldado amarelo." Não, não encontrara ninguém. Atrapalhava-se de novo. Sentia desejo de referir-se ao soldado, um conhecido velho, amigo de infância. A mulher se incharia com a notícia. Talvez não se inchasse. Era atilada, notaria a pabulagem. Pois estava acabado. O dinheiro fugira do bolso do gibão, na venda de seu Inácio. Natural.

Repetia que era natural quando alguém lhe deu um empurrão, atirou-o contra o jatobá. A feira se desmanchava; escurecia; o homem da iluminação, trepando numa escada, acendia os lampiões. A estrela papa-ceia branqueou por cima da torre da igreja; o doutor juiz de direito foi brilhar na porta da farmácia; o cobrador da prefeitura passou coxeando, com talões de recibos debaixo do braço; a carroça de lixo rolou na praça recolhendo cascas de frutas; seu vigário saiu de casa e abriu o guarda-chuva por causa do sereno; sinhá Rita louceira retirou-se.

Fabiano estremeceu. Chegaria à fazenda noite fechada. Entretido com o diabo do jogo, tonto de aguardente, deixara o tempo correr. E não levava o querosene, ia-se alumiar durante a semana com pedaços de facheiro. Aprumou-se, disposto a viajar. Outro empurrão desequilibrou-o. Voltou-se e viu ali perto o soldado amarelo, que o desafiava, a cara enferrujada, uma ruga na testa. Mexeu-se para sacudir o chapéu de couro nas ventas do agressor. Com uma pancada certa do chapéu de couro, aquele tico de gente ia ao barro. Olhou as coisas e as pessoas em roda e moderou a indignação. Na catinga ele às vezes cantava de galo, mas na rua encolhia-se.

— Vossemecê não tem direito de provocar os que estão quietos.

— Desafasta — bradou o polícia.

E insultou Fabiano, porque ele tinha deixado a bodega sem se despedir.

— Lorota — gaguejou o matuto. — Eu tenho culpa de vossemecê esbagaçar os seus possuídos no jogo?

Engasgou-se. A autoridade rondou por ali um instante, desejosa de puxar questão. Não achando pretexto, avizinhou-se e plantou o salto da reiuna em cima da alpercata do vaqueiro.

— Isso não se faz, moço — protestou Fabiano. — Estou quieto. Veja que mole e quente é pé de gente.

O outro continuou a pisar com força. Fabiano impacientou-se e xingou a mãe dele. Aí o amarelo apitou, e em poucos minutos o destacamento da cidade rodeava o jatobá.

— Toca pra frente — berrou o cabo.

Fabiano marchou desorientado, entrou na cadeia, ouviu sem compreender uma acusação medonha e não se defendeu.

— Está certo — disse o cabo. — Faça lombo, paisano.

Fabiano caiu de joelhos, repetidamente uma lâmina de facão bateu-lhe no peito, outra nas costas. Em seguida abriram uma porta, deram-lhe um safanão que o arremessou para as trevas do cárcere. A chave tilintou na fechadura, e Fabiano ergueu-se atordoado, cambaleou, sentou-se num canto, rosnando:

— Hum! hum!

Por que tinham feito aquilo? Era o que não podia saber. Pessoa de bons costumes, sim senhor, nunca fora preso. De repente um fuzuê sem motivo. Achava-se tão perturbado que nem acreditava naquela desgraça. Tinham-lhe caído todos em cima, de supetão, como uns condenados. Assim um homem não podia resistir.

— Bem, bem.

Passou as mãos nas costas e no peito, sentiu-se moído, os olhos azulados brilharam como olhos de gato. Tinham-no realmente surrado e prendido.

Mas era um caso tão esquisito que instantes depois balançava a cabeça, duvidando, apesar das machucaduras.

Ora, o soldado amarelo... Sim, havia um amarelo, criatura desgraçada que ele, Fabiano, desmancharia com um tabefe. Não tinha desmanchado por causa dos homens que mandavam. Cuspiu, com desprezo:

— Safado, mofino, escarro de gente.

Por mor de uma peste daquela, maltratava-se um pai de família. Pensou na mulher, nos filhos e na cachorrinha. Engatinhando, procurou os alforjes, que haviam caído no chão, certificou-se de que os objetos comprados na feira estavam todos ali. Podia ter-se perdido alguma coisa na confusão. Lembrou-se de uma fazenda vista na última das lojas que visitara. Bonita, encorpada, larga, vermelha e com ramagens, exatamente o que sinhá Vitória desejava. Encolhendo um tostão em côvado, por sovinice, acabava o dia daquele jeito. Tornou a mexer nos alforjes. Sinhá Vitória devia estar desassossegada com a demora dele. A casa no escuro, os meninos em redor do fogo, a cachorra Baleia vigiando. Com certeza haviam fechado a porta da frente.

Estirou as pernas, encostou as carnes doídas ao muro. Se lhe tivessem dado tempo, ele teria explicado tudo direitinho. Mas pegado de surpresa, embatucara. Quem não ficaria azuretado com semelhante despropósito? Não queria capacitar-se de que a malvadez tivesse sido para ele. Havia engano, provavelmente o amarelo o confundira com outro. Não era senão isso.

Então por que um sem-vergonha desordeiro se arrelia, bota-se um cabra na cadeia, dá-se pancada nele? Sabia perfeitamente que era assim, acostumara-se a todas as violências, a todas as injustiças. E aos conhecidos que dormiam no tronco e aguentavam cipó de boi oferecia consolações:

— "Tenha paciência. Apanhar do governo não é desfeita."

Mas agora rangia os dentes, soprava. Merecia castigo?

— An!

E, por mais que forcejasse, não se convencia de que o soldado amarelo fosse governo. Governo, coisa distante e perfeita, não podia errar. O soldado amarelo estava ali perto, além da grade, era fraco e ruim, jogava na esteira com os matutos e provocava-os depois. O governo não devia consentir tão grande safadeza.

Afinal para que serviam os soldados amarelos? Deu um pontapé na parede, gritou enfurecido. Para que serviam os soldados amarelos? Os outros presos remexeram-se, o carcereiro chegou à grade, e Fabiano acalmou-se:

— Bem, bem. Não há nada não.

Havia muitas coisas. Ele não podia explicá-las, mas havia. Fossem perguntar a seu Tomás da bolandeira, que lia livros e sabia onde tinha as ventas. Seu

Tomás da bolandeira contaria aquela história. Ele, Fabiano, um bruto, não contava nada. Só queria voltar para junto de sinhá Vitória, deitar-se na cama de varas. Por que vinham bulir com um homem que só queria descansar? Deviam bulir com outros.

— An!

— Estava tudo errado.

— An!

Tinham lá coragem? Imaginou o soldado amarelo atirando-se a um cangaceiro na catinga. Tinha graça. Não dava um caldo.

Lembrou-se da casa velha onde morava, da cozinha, da panela que chiava na trempe de pedras. Sinhá Vitória punha sal na comida. Abriu os alforjes novamente: a trouxa de sal não se tinha perdido. Bem. Sinhá Vitória provava o caldo na quenga de coco. E Fabiano se aperreava por causa dela, dos filhos e da cachorra Baleia, que era como uma pessoa da família, sabida como gente. Naquela viagem arrastada, em tempo de seca braba, quando estavam todos morrendo de fome, a cadelinha tinha trazido para eles um preá. Ia envelhecendo, coitada. Sinhá Vitória, inquieta, com certeza fora muitas vezes escutar na porta da frente. O galo batia as asas, os bichos bodejavam no chiqueiro, os chocalhos das vacas tiniam.

Se não fosse isso... An! Em que estava pensando? Meteu os olhos pela grade da rua. Chi! que pretume! O lampião da esquina se apagara, provavelmente o homem da escada só botara nele meio quarteirão de querosene.

Pobre de sinhá Vitória, cheia de cuidados, na escuridão. Os meninos sentados perto do lume, a panela chiando na trempe de pedras, Baleia atenta, o candeeiro de folha pendurado na ponta de uma vara que saía da parede.

Estava tão cansado, tão machucado, que ia quase adormecendo no meio daquela desgraça. Havia ali um bêbedo tresvariando em voz alta e alguns homens agachados em redor de um fogo que enchia o cárcere de fumaça. Discutiam e queixavam-se da lenha molhada.

Fabiano cochilava, a cabeça pesada inclinava-se para o peito e levantava-se. Devia ter comprado o querosene de seu Inácio. A mulher e os meninos aguentando fumaça nos olhos.

Acordou sobressaltado. Pois não estava misturando as pessoas, desatinando? Talvez fosse efeito da cachaça. Não era: tinha bebido um copo, tanto assim, quatro dedos. Se lhe dessem tempo, contaria o que se passara.

Ouviu o falatório desconexo do bêbedo, caiu numa indecisão dolorosa. Ele também dizia palavras sem sentido, conversava à toa. Mas irou-se com a comparação, deu marradas na parede. Era bruto, sim senhor, nunca havia aprendido, não sabia explicar-se. Estava preso por isso? Como era? Então mete-se um homem na cadeia porque ele não sabe falar direito? Que mal fazia a brutalidade dele? Vivia trabalhando como um escravo. Desentupia o bebedouro, consertava as cercas, curava os animais — aproveitara um casco de fazenda sem valor. Tudo em ordem, podiam ver. Tinha culpa de ser bruto? Quem tinha culpa?

Se não fosse aquilo... Nem sabia. O fio da ideia cresceu, engrossou — e partiu-se. Difícil pensar. Vivia tão agarrado aos bichos... Nunca vira uma escola. Por isso não conseguia defender-se, botar as coisas nos seus lugares. O demônio daquela história entrava-lhe na cabeça e saía. Era para um cristão endoidecer. Se lhe tivessem dado ensino, encontraria meio de entendê-la. Impossível, só sabia lidar com bichos.

Enfim, contanto... Seu Tomás daria informações. Fossem perguntar a ele. Homem bom, seu Tomás da bolandeira, homem aprendido. Cada qual como Deus o fez. Ele, Fabiano, era aquilo mesmo, um bruto.

O que desejava... An! Esquecia-se. Agora se recordava da viagem que tinha feito pelo sertão, a cair de fome. As pernas dos meninos eram finas como bilros, sinhá Vitória tropicava debaixo do baú dos trens. Na beira do rio haviam comido o papagaio, que não sabia falar. Necessidade.

Fabiano também não sabia falar. Às vezes largava nomes arrevesados, por embromação. Via perfeitamente que tudo era besteira. Não podia arrumar o que tinha no interior. Se pudesse... Ah! Se pudesse, atacaria os soldados amarelos que espancam as criaturas inofensivas.

Bateu na cabeça, apertou-a. Que faziam aqueles sujeitos acocorados em torno do fogo? Que dizia aquele bêbedo que se esgoelava como um doido, gastando fôlego à toa? Sentiu vontade de gritar, de anunciar muito alto que eles não prestavam para nada. Ouviu uma voz fina. Alguém no xadrez das mulheres chorava e arrenegava as pulgas. Rapariga da vida, certamente, de porta aberta. Essa também não prestava para nada. Fabiano queria berrar para a cidade inteira, afirmar ao doutor juiz de direito, ao delegado, a seu vigário e aos cobradores da prefeitura que ali dentro ninguém prestava para nada. Ele, os homens acocorados, o bêbedo, a mulher das pulgas, tudo era uma lástima, só servia para aguentar facão. Era o que ele queria dizer.

E havia também aquele fogo-corredor que ia e vinha no espírito dele. Sim, havia aquilo. Como era? Precisava descansar. Estava com a testa doendo, provavelmente em consequência de uma pancada de cabo de facão. E doía-lhe a cabeça toda, parecia-lhe que tinha fogo por dentro, parecia-lhe que tinha nos miolos uma panela fervendo.

Pobre de sinhá Vitória, inquieta e sossegando os meninos. Baleia vigiando, perto da trempe. Se não fossem eles...

Agora Fabiano conseguia arranjar as ideias. O que o segurava era a família. Vivia preso como um novilho amarrado ao mourão, suportando ferro quente. Se não fosse isso, um soldado amarelo não lhe pisava o pé não. O que lhe amolecia o corpo era a lembrança da mulher e dos filhos. Sem aqueles cambões pesados, não envergaria o espinhaço não, sairia dali como onça e faria uma asneira. Carregaria a espingarda e daria um tiro de pé de pau no soldado amarelo. Não. O soldado amarelo era um infeliz que nem merecia um tabefe com as costas da mão. Mataria os donos dele. Entraria num bando de cangaceiros e faria estrago nos homens que dirigiam o soldado amarelo. Não ficaria um para semente. Era a ideia que lhe fervia na cabeça. Mas havia a mulher, havia os meninos, havia a cachorrinha.

Fabiano gritou, assustando o bêbedo, os tipos que abanavam o fogo, o carcereiro e a mulher que se queixava das pulgas. Tinha aqueles cambões pendurados ao pescoço. Deveria continuar a arrastá-los? Sinhá Vitória dormia mal na cama de varas. Os meninos eram uns brutos, como o pai. Quando crescessem, guardariam as reses de um patrão invisível, seriam pisados, maltratados, machucados por um soldado amarelo.

SINHÁ VITÓRIA

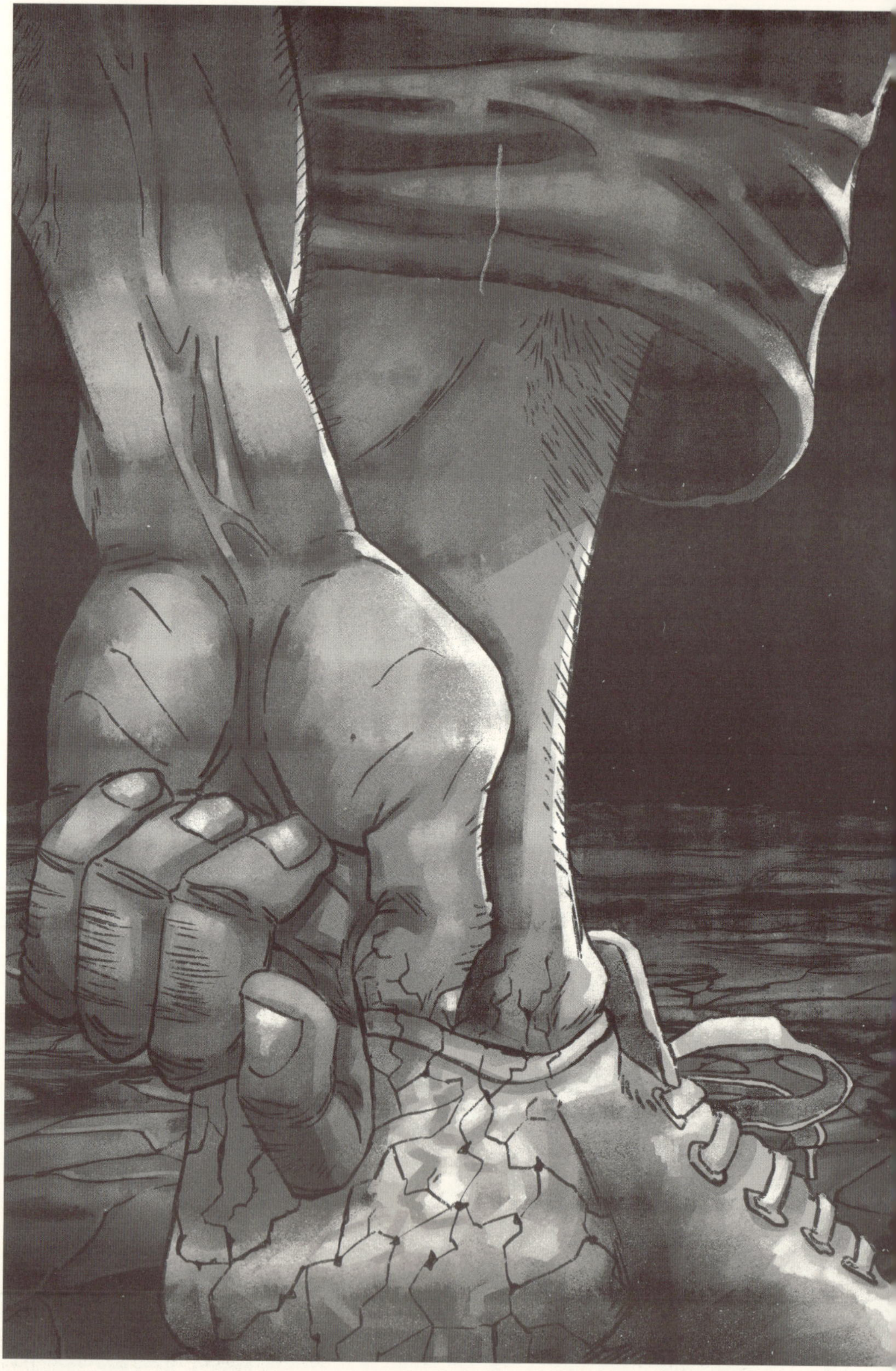

Acocorada junto às pedras que serviam de trempe, a saia de ramagens entalada entre as coxas, sinhá Vitória soprava o fogo. Uma nuvem de cinza voou dos tições e cobriu-lhe a cara, a fumaça inundou-lhe os olhos, o rosário de contas brancas e azuis desprendeu-se do cabeção e bateu na panela. Sinhá Vitória limpou as lágrimas com as costas das mãos, encarquilhou as pálpebras, meteu o rosário no seio e continuou a soprar com vontade, enchendo muito as bochechas.

Labaredas lamberam as achas de angico, esmoreceram, tornaram a levantar-se e espalharam-se entre as pedras. Sinhá Vitória aprumou o espinhaço e agitou o abano. Uma chuva de faíscas mergulhou num banho luminoso a cachorra Baleia, que se enroscava no calor e cochilava embalada pelas emanações da comida.

Sentindo a deslocação do ar e a crepitação dos gravetos, Baleia despertou, retirou-se prudentemente, receosa de sapecar o pelo, e ficou observando maravilhada as estrelinhas vermelhas que se apagavam antes de tocar o chão. Aprovou com um movimento de cauda aquele fenômeno e desejou expressar a sua admiração à dona. Chegou-se a ela em saltos curtos, ofegando, ergueu-se nas pernas traseiras, imitando gente. Mas sinhá Vitória não queria saber de elogios.

— Arreda!

Deu um pontapé na cachorra, que se afastou humilhada e com sentimentos revolucionários.

Sinhá Vitória tinha amanhecido nos seus azeites. Fora de propósito, dissera ao marido umas inconveniências a respeito da cama de varas. Fabiano, que não esperava semelhante desatino, apenas grunhira:

— "Hum! hum!"

E amunhecara, porque realmente mulher é bicho difícil de entender, deitara-se na rede e pegara no sono. Sinhá Vitória andara para cima e para baixo, procurando em que desabafar. Como achasse tudo em ordem, queixara-se da vida. E agora vingava-se em Baleia, dando-lhe um pontapé.

Avizinhou-se da janela baixa da cozinha, viu os meninos entretidos no barreiro, sujos de lama, fabricando bois de barro, que secavam ao sol, sob o pé de turco, e não encontrou motivo para repreendê-los. Pensou de novo na cama de varas e mentalmente xingou Fabiano. Dormiam naquilo, tinham-se acostumado, mas seria mais agradável dormirem numa cama de lastro de couro, como outras pessoas.

Fazia mais de um ano que falava nisso ao marido. Fabiano a princípio concordara com ela, mastigara cálculos, tudo errado. Tanto para o couro, tanto para a armação. Bem. Poderiam adquirir o móvel necessário economizando na roupa e no querosene. Sinhá Vitória respondera que isso era impossível, porque eles vestiam mal, as crianças andavam nuas, e recolhiam-se todos ao anoitecer. Para bem dizer, não se acendiam candeeiros na casa. Tinham discutido, procurado cortar outras despesas. Como não se entendessem, sinhá Vitória aludira, bastante azeda, ao dinheiro gasto pelo marido na feira, com jogo e cachaça. Ressentido, Fabiano condenara os sapatos de verniz que ela usava nas festas, caros e inúteis. Calçada naquilo, trôpega, mexia- se como um papagaio, era ridícula. Sinhá Vitória ofendera-se gravemente com a comparação, e se não fosse o respeito que Fabiano lhe inspirava, teria despropositado. Efetivamente os sapatos apertavam-lhe os dedos, faziam-lhe calos. Equilibrava-se mal, tropeçava, manquejava, trepada nos saltos de meio palmo. Devia ser ridícula, mas a opinião de Fabiano entristecera-a muito.

Desfeitas essas nuvens, curtidos os dissabores, a cama de novo lhe aparecera no horizonte acanhado.

Agora pensava nela de mau humor. Julgava-a inatingível e misturava-a às obrigações da casa.

Foi à sala, passou por baixo do punho da rede onde Fabiano roncava, tirou do caritó o cachimbo e uma pele de fumo, saiu para o copiar. O chocalho da vaca laranja tilintou para os lados do rio. Fabiano era capaz de se ter esquecido de curar a vaca laranja. Quis acordá-lo e perguntar, mas distraiu-se olhando os xiquexiques e os mandacarus que avultavam na campina.

Um mormaço levantava-se da terra queimada. Estremeceu lembrando-se da seca, o rosto moreno desbotou, os olhos pretos arregalaram-se. Diligenciou afastar a recordação, temendo que ela virasse realidade. Rezou baixinho uma ave-maria, já tranquila, a atenção desviada para um buraco que havia na cerca do chiqueiro das cabras. Esfarelou a pele de fumo entre as palmas das mãos grossas, encheu o cachimbo de barro, foi consertar a cerca. Voltou, circulou a casa atravessando o cercadinho do oitão, entrou na cozinha.

— É capaz de Fabiano ter-se esquecido da vaca laranja.

Agachou-se, atiçou o fogo, apanhou uma brasa com a colher, acendeu o cachimbo, pôs-se a chupar o canudo de taquari cheio de sarro. Jogou longe uma cusparada, que passou por cima da janela e foi cair no terreiro. Preparou-se para cuspir novamente. Por uma extravagante associação, relacionou esse ato com a lembrança da cama. Se o cuspo alcançasse o terreiro, a cama seria comprada antes do fim do ano. Encheu a boca de saliva, inclinou-se — e não conseguiu o que esperava. Fez várias tentativas, inutilmente. O resultado foi secar a garganta. Ergueu-se desapontada. Besteira, aquilo não valia.

Aproximou-se do canto onde o pote se erguia numa forquilha de três pontas, bebeu um caneco de água. Água salobra.

— Ixe!

Isto lhe sugeriu duas imagens quase simultâneas, que se confundiram e neutralizaram: panelas e bebedouros. Encostou o fura-bolos à testa, indecisa. Em que estava pensando? Olhou o chão, concentrada, procurando recordar-se, viu os pés chatos, largos, os dedos separados. De repente as duas ideias voltaram: o bebedouro secava, a panela não tinha sido temperada.

Foi levantar o testo, recebeu na cara vermelha uma baforada de vapor. Não é que ia deixando a comida esturrar? Pôs água nela e remexeu-a com a quenga preta de coco. Em seguida provou o caldo. Insosso, nem parecia boia de cristão. Chegou-se ao jirau onde se guardavam cumbucos e mantas de carne, abriu a mochila de sal, tirou um punhado, jogou-o na panela.

Agora pensava no bebedouro, onde havia um líquido escuro que bicho enjeitava. Só tinha medo da seca.

Olhou de novo os pés espalmados. Efetivamente não se acostumava a calçar sapatos, mas o remoque de Fabiano molestara-a. Pés de papagaio. Isso mesmo, sem dúvida, matuto anda assim. Para que fazer vergonha à gente? Arreliava-se com a comparação.

Pobre do papagaio. Viajara com ela, na gaiola que balançava em cima do baú de folha. Gaguejava:

— "Meu louro."

Era o que sabia dizer. Fora isso, aboiava arremedando Fabiano e latia como Baleia. Coitado. Sinhá Vitória nem queria lembrar-se daquilo. Esquecera a vida antiga, era como se tivesse nascido depois que chegara à fazenda. A referência aos sapatos abrira-lhe uma ferida — e a viagem reaparecera. As alpercatas dela tinham sido gastas nas pedras. Cansada, meio morta de fome, carregava o filho mais novo, o baú e a gaiola do papagaio. Fabiano era ruim.

— Mal-agradecido.

Olhou os pés novamente. Pobre do louro. Na beira do rio matara-o por necessidade, para sustento da família. Naquele momento ele estava zangado, fitava na cachorrinha as pupilas sérias e caminhava aos tombos, como os matutos em dias de festa. Para que Fabiano fora despertar-lhe aquela recordação?

Chegou à porta, olhou as folhas amarelas das catingueiras. Suspirou. Deus não havia de permitir outra desgraça. Agitou a cabeça e procurou ocupações para entreter-se. Tomou a cuia grande, encaminhou-se ao barreiro, encheu de água o caco das galinhas, endireitou o poleiro. Em seguida foi ao quintalzinho regar os craveiros e as panelas de losna. E botou os filhos para dentro de casa, que tinham barro até nas meninas dos olhos. Repreendeu-os:

— Safadinhos! Porcos! Sujos como...

Deteve-se. Ia dizer que eles estavam sujos como papagaios.

Os pequenos fugiram, foram enrolar-se na esteira da sala, por baixo do caritó, e sinhá Vitória voltou para junto da trempe, reacendeu o cachimbo. A panela chiava; um vento morno e empoeirado sacudia as teias de aranha e as cortinas de pucumã do teto; Baleia, sob o jirau, coçava-se com os dentes e pegava moscas. Ouviam-se distintamente os roncos de Fabiano, compassados, e o ritmo deles influiu nas ideias de sinhá Vitória. Fabiano roncava com segurança. Provavelmente não havia perigo, a seca devia estar longe.

Outra vez sinhá Vitória pôs-se a sonhar com a cama de lastro de couro. Mas o sonho se ligava à recordação do papagaio, e foi-lhe preciso um grande esforço para isolar o objeto do seu desejo.

Tudo ali era estável, seguro. O sono de Fabiano, o fogo que estalava, o toque dos chocalhos, até o zumbido das moscas, davam-lhe sensação de firmeza e repouso. Tinha de passar a vida inteira dormindo em varas? Bem no meio do catre havia um nó, um calombo grosso na madeira. E ela se encolhia num canto, o marido no outro, não podiam estirar-se no centro. A princípio não se incomodara. Bamba, moída de trabalhos, deitar-se-ia em pregos. Viera, porém, um começo de prosperidade. Comiam, engordavam. Não possuíam nada: se eles se retirassem, levariam a roupa, a espingarda, o baú de folha e troços miúdos. Mas iam vivendo, na graça de Deus, o patrão confiava neles — e eram quase felizes. Só faltava uma cama. Era o que aperreava sinhá Vitória. Como já não se estazava em serviços pesados, gastava um pedaço da noite parafusando. E o costume de encafuar-se ao escurecer não estava certo, que ninguém é galinha.

Nesse ponto as ideias de sinhá Vitória seguiram outro caminho, que pouco depois foi desembocar no primeiro. Não era que a raposa tinha passado no rabo a galinha pedrês? Logo a pedrês, a mais gorda. Decidiu armar um mundéu perto do poleiro. Encolerizou-se. A raposa pagaria a galinha pedrês.

— Ladrona.

Pouco a pouco a zanga se transferiu. Os roncos de Fabiano eram insuportáveis. Não havia homem que roncasse tanto. Era bom levantar-se e procurar uma vara para substituir aquele pau amaldiçoado que não deixava uma pessoa virar-se. Por que não tinham removido aquela vara incômoda? Suspirou. Não conseguiam tomar resolução. Paciência. Era melhor esquecer o nó e pensar numa cama igual à de seu Tomás da bolandeira. Seu Tomás tinha uma cama de verdade, feita pelo carpinteiro, um estrado de sucupira alisado a enxó, com as juntas abertas a formão, tudo embutido direito, e um couro cru em cima, bem esticado e bem pregado. Ali podia um cristão estirar os ossos.

Se vendesse as galinhas e a marrã? Infelizmente a excomungada raposa tinha comido a pedrês, a mais gorda. Precisava dar uma lição à raposa. Ia armar o mundéu junto do poleiro e quebrar o espinhaço daquela sem-vergonha.

Ergueu-se, foi à camarinha procurar qualquer coisa, voltou desanimada e esquecida. Onde tinha a cabeça?

Sentou-se na janela baixa da cozinha, desgostosa. Venderia as galinhas e a marrã, deixaria de comprar querosene. Inútil consultar Fabiano, que sempre se entusiasmava, arrumava projetos. Esfriava logo — e ela franzia a testa, espantada, certa de que o marido se satisfazia com a ideia de possuir uma cama. Sinhá Vitória desejava uma cama real, de couro e sucupira, igual à de seu Tomás da bolandeira.

O MENINO MAIS NOVO

A ideia surgiu-lhe na tarde em que Fabiano botou os arreios na égua alazã e entrou a amansá-la. Não era propriamente ideia: era o desejo vago de realizar qualquer ação notável que espantasse o irmão e a cachorra Baleia.

Naquele momento Fabiano lhe causava grande admiração. Metido nos couros, de perneiras, gibão e guarda-peito, era a criatura mais importante do mundo. As rosetas das esporas dele tilintavam no pátio; as abas do chapéu, jogado para trás, preso debaixo do queixo pela correia, aumentavam-lhe o rosto queimado, faziam-lhe um círculo enorme em torno da cabeça.

O animal estava selado, os estribos amarrados na garupa, e sinhá Vitória subjugava-o agarrando-lhe os beiços. O vaqueiro apertou a cilha e pôs-se a andar em redor, fiscalizando os arranjos, lento. Sem se apressar, livrou-se de um coice: virou o corpo, os cascos da égua passaram-lhe rente ao peito, raspando o gibão. Em seguida Fabiano subiu ao copiar, saltou na sela, a mulher recuou — e foi um redemoinho na catinga.

Trepado na porteira do curral, o menino mais novo torcia as mãos suadas, estirava-se para ver a nuvem de poeira que toldava as imburanas. Ficou assim uma eternidade, cheio de alegria e medo, até que a égua voltou e começou a pular furiosamente no pátio, como se tivesse o diabo no corpo. De repente a cilha rebentou e houve um desmoronamento. O pequeno deu um grito, ia tombar da porteira. Mas sossegou logo. Fabiano tinha caído em pé e recolhia-se banzeiro e cambaio, os arreios no braço. Os estribos, soltos na carreira desesperada, batiam um no outro, as rosetas das esporas tiniam.

Sinhá Vitória cachimbava tranquila no banco do copiar, catando lêndeas no filho mais velho. Não se conformando com semelhante indiferença depois da façanha do pai, o menino foi acordar Baleia, que preguiçava, a barriguinha vermelha descoberta, sem vergonha. A cachorra abriu um olho, encostou a cabeça à pedra de amolar, bocejou e pegou no sono de novo.

Julgou-a estúpida e egoísta, deixou-a, indignado; foi puxar a manga do vestido da mãe, desejando comunicar-se com ela. Sinhá Vitória soltou uma exclamação de aborrecimento, e, como o pirralho insistisse, deu-lhe um cascudo.

Retirou-se zangado, encostou-se num esteio do alpendre, achando o mundo todo ruim e insensato. Dirigiu-se ao chiqueiro, onde os bichos bodejavam, fungando, erguendo os focinhos franzidos. Aquilo era tão engraçado que o egoísmo de Baleia e o mau humor de sinhá Vitória desapareceram. A admiração a Fabiano é que ia ficando maior.

Esqueceu desentendimentos e grosserias, um entusiasmo verdadeiro encheu-lhe a alma pequenina. Apesar de ter medo do pai, chegou-se a ele devagar, esfregou-se nas perneiras, tocou as abas do gibão. As perneiras, o gibão, o guarda-peito, as esporas e o barbicacho do chapéu maravilhavam-no.

Fabiano desviou-o desatento, entrou na sala e foi despojar-se daquela grandeza.

O menino deitou-se na esteira, enrolou-se e fechou os olhos. Fabiano era terrível. No chão, despidos os couros, reduzia-se bastante, mas no lombo da égua alazã era terrível.

Dormiu e sonhou. Um pé de vento cobria de poeira a folhagem das imburanas, sinhá Vitória catava piolhos no filho mais velho, Baleia descansava a cabeça na pedra de amolar.

No dia seguinte essas imagens se varreram completamente. Os juazeiros do fim do pátio estavam escuros, destoavam das outras árvores. Por que seria?

Aproximou-se do chiqueiro das cabras, viu o bode velho fazendo um barulho feio com as ventas arregaçadas, lembrou-se do acontecimento da véspera. Encaminhou-se aos juazeiros, curvado, espiando os rastos da égua alazã.

À hora do almoço sinhá Vitória repreendeu-o:

— Este capeta anda leso.

Ergueu-se, deixou a cozinha, foi contemplar as perneiras, o guarda-peito e o gibão pendurados num torno da sala. Daí marchou para o chiqueiro — e o projeto nasceu.

Arredou-se, fez tenção de entender-se com alguém, mas ignorava o que pretendia dizer. A égua alazã e o bode misturavam-se, ele e o pai misturavam-se também.

Rodeou o chiqueiro, mexendo-se como um urubu, arremedando Fabiano.

A necessidade de consultar o irmão apareceu e desapareceu. O outro iria rir-se, mangar dele, avisar sinhá Vitória. Teve medo do riso e da mangação. Se falasse naquilo, sinhá Vitória lhe puxaria as orelhas.

Evidentemente ele não era Fabiano. Mas se fosse? Precisava mostrar que podia ser Fabiano. Conversando, talvez conseguisse explicar-se.

Pôs-se a caminhar, banzeiro, até que o irmão e Baleia levaram as cabras ao bebedouro. A porteira abriu-se, um fartum espalhou-se pelos arredores, os chocalhos soaram, a camisinha de algodão atravessou o pátio, contornou as pedras onde se atiravam cobras mortas, passou os juazeiros, desceu a ladeira, alcançou a margem do rio.

Agora as cabras se empurravam metendo os focinhos na água, os cornos entrechocavam-se, Baleia, atarefada, latia correndo.

Trepado na ribanceira, o coração aos baques, o menino mais novo esperava que o bode chegasse ao bebedouro. Certamente aquilo era arriscado, mas parecia-lhe que ali em cima tinha crescido e podia virar Fabiano.

Sentou-se indeciso. O bode ia saltar e derrubá-lo.

Ergueu-se, afastou-se, quase livre da tentação, viu um bando de periquitos que voavam sobre as catingueiras. Desejou possuir um deles, amarrá-lo com uma embira, dar-lhe comida. Sumiram-se todos chiando, e o pequeno ficou triste, espiando o céu cheio de nuvens brancas. Algumas eram carneirinhos, mas desmanchavam-se e tornavam-se bichos diferentes. Duas grandes se juntaram — e uma tinha a figura da égua alazã, a outra representava Fabiano.

Baixou os olhos encandeados, esfregou-os, aproximou-se novamente da ribanceira, distinguiu a massa confusa do rebanho, ouviu as pancadas dos chifres. Se o bode já tivesse bebido, ele experimentaria decepção. Examinou as pernas finas, a camisinha encardida e rasgada. Enxergara viventes no céu, considerava-se protegido, convencia-se de que forças misteriosas iam ampará-lo. Boiaria no ar, como um periquito.

Pôs-se a berrar, imitando as cabras, chamando o irmão e a cachorra. Não obtendo resultado, indignou-se. Ia mostrar aos dois uma proeza, voltariam para casa espantados.

Aí o bode se avizinhou e meteu o focinho na água. O menino despenhou-se da ribanceira, escanchou-se no espinhaço dele. Mergulhou no pelame fofo, escorregou, tentou em vão segurar-se com os calcanhares, foi atirado para a frente, voltou, achou-se montado na garupa do animal, que saltava demais e provavelmente se distanciava do bebedouro. Inclinou-se para um lado, mas, fortemente sacudido, retomou a posição vertical, entrou a dançar desengonçado, as pernas abertas, os braços inúteis. Outra vez impelido para a frente, deu um salto-mortal, passou por cima da cabeça do bode, aumentou o rasgão da camisa numa das pontas e estirou-se na areia. Ficou ali estatelado, quietinho, um zum-zum nos ouvidos, percebendo vagamente que escapara sem honra da aventura.

Viu as nuvens que se desmanchavam no céu azul, embirrou com elas. Interessou-se pelo voo dos urubus. Debaixo dos couros, Fabiano andava banzeiro, pesado, direitinho um urubu.

Sentou-se, apalpou as juntas doídas. Fora sacolejado violentamente, parecia-lhe que os ossos estavam deslocados.

Olhou com raiva o irmão e a cachorra. Deviam tê-lo prevenido. Não descobriu neles nenhum sinal de solidariedade: o irmão ria como um doido, Baleia, séria, desaprovava tudo aquilo. Achou-se abandonado e mesquinho, exposto a quedas, coices e marradas.

Ergueu-se, arrastou-se com desânimo até a cerca do bebedouro, encostou-se a ela, o rosto virado para a água barrenta, o coração esmorecido. Meteu os dedos finos pelo rasgão, coçou o peito magro. O tropel das cabras perdeu-se na ladeira, a cachorrinha ladrou longe. Como estariam as nuvens? Provavelmente algumas se transformavam em carneirinhos, outras eram como bichos desconhecidos.

Lembrou-se de Fabiano e procurou esquecê-lo. Com certeza Fabiano e sinhá Vitória iam castigá-lo por causa do acidente. Levantou os olhos tímidos. A lua tinha aparecido, engrossava, acompanhada por uma estrelinha quase invisível. Àquela hora os periquitos descansavam na vazante, nas touceiras secas de milho. Se possuísse um daqueles periquitos, seria feliz.

Baixou a cabeça, tornou a olhar a poça escura que o gado esvaziara. Uns riachos miúdos marejavam na areia como artérias abertas de animais. Recordou-se das cabras abatidas a mão de pilão, penduradas de cabeça para baixo num caibro do copiar, sangrando.

Retirou-se. A humilhação atenuou-se pouco a pouco e morreu. Precisava entrar em casa, jantar, dormir. E precisava crescer, ficar tão grande como Fabiano, matar cabras a mão de pilão, trazer uma faca de ponta à cintura. Ia crescer, espichar-se numa cama de varas, fumar cigarros de palha, calçar sapatos de couro cru.

Subiu a ladeira, chegou-se à casa devagar, entortando as pernas, banzeiro. Quando fosse homem, caminharia assim, pesado, cambaio, importante, as rosetas das esporas tilintando. Saltaria no lombo de um cavalo brabo e voaria na catinga como pé de vento, levantando poeira. Ao regressar, apear-se-ia num pulo e andaria no pátio assim torto, de perneiras, gibão, guarda-peito e chapéu de couro com barbicacho. O menino mais velho e Baleia ficariam admirados.

O MENINO MAIS VELHO

Deu-se aquilo porque sinhá Vitória não conversou um instante com o menino mais velho. Ele nunca tinha ouvido falar em inferno. Estranhando a linguagem de sinhá Terta, pediu informações. Sinhá Vitória, distraída, aludiu vagamente a certo lugar ruim demais, e como o filho exigisse uma descrição, encolheu os ombros.

O menino foi à sala interrogar o pai, encontrou-o sentado no chão, com as pernas abertas, desenrolando um meio de sola.

— Bota o pé aqui.

A ordem se cumpriu e Fabiano tomou medida da alpercata: deu um traço com a ponta da faca atrás do calcanhar, outro adiante do dedo grande. Riscou em seguida a forma do calçado e bateu palmas:

— Arreda.

O pequeno afastou-se um pouco, mas ficou por ali rondando e timidamente arriscou a pergunta. Não obteve resposta, voltou à cozinha, foi pendurar-se à saia da mãe:

— Como é?

Sinhá Vitória falou em espetos quentes e fogueiras.

— A senhora viu?

Aí sinhá Vitória se zangou, achou-o insolente e aplicou-lhe um cocorote.

O menino saiu indignado com a injustiça, atravessou o terreiro, escondeu-se debaixo das catingueiras murchas, à beira da lagoa vazia.

A cachorra Baleia acompanhou-o naquela hora difícil. Repousava junto à trempe, cochilando no calor, à espera de um osso. Provavelmente não o receberia, mas acreditava nos ossos, e o torpor que a embalava era doce. Mexia-se de longe em longe, punha na dona as pupilas negras onde a confiança brilhava. Admitia a existência de um osso graúdo na panela, e ninguém lhe tirava esta certeza, nenhuma inquietação lhe perturbava os desejos moderados. Às vezes recebia pontapés sem motivo. Os pontapés estavam previstos e não dissipavam a imagem do osso.

Naquele dia a voz estridente de sinhá Vitória e o cascudo no menino mais velho arrancaram Baleia da modorra e deram-lhe a suspeita de que as coisas não iam bem. Foi esconder-se num canto, por detrás do pilão, fazendo-se miúda entre cumbucos e cestos. Um minuto depois levantou o focinho e procurou orientar-se. O vento morno que soprava da lagoa fixou-lhe a resolução: esgueirou-se ao longo da parede, transpôs a janela baixa da cozinha, atravessou o terreiro, passou pelo pé de turco, topou o camarada, chorando, muito infeliz, à sombra das catingueiras. Tentou minorar-lhe o padecimento saltando em roda e balançando a cauda. Não podia sentir dor excessiva. E como nunca se impacientava, continuou a pular, ofegando, chamando a atenção do amigo. Afinal convenceu-o de que o procedimento dele era inútil.

O pequeno sentou-se, acomodou nas pernas a cabeça da cachorra, pôs-se a contar-lhe baixinho uma história. Tinha um vocabulário quase tão minguado quanto o do papagaio que morrera no tempo da seca. Valia-se, pois, de exclamações e de gestos, e Baleia respondia com o rabo, com a língua, com movimentos fáceis de entender.

Todos o abandonavam, a cadelinha era o único vivente que lhe mostrava simpatia. Afagou-a com os dedos magros e sujos, e o animal encolheu-se para sentir bem o contato agradável, experimentou uma sensação como a que lhe dava a cinza do borralho.

Continuou a acariciá-la, aproximou do focinho dela a cara enlameada, olhou bem no fundo os olhos tranquilos.

Estivera metido no barreiro com o irmão, fazendo bichos de barro, lambuzando-se. Deixara o brinquedo e fora interrogar sinhá Vitória. Um desastre. A culpada era sinhá Terta, que na véspera, depois de curar com reza a espinhela de Fabiano, soltara uma palavra esquisita, chiando, o canudo do cachimbo preso nas gengivas banguelas. Ele tinha querido que a palavra virasse coisa e ficara desapontado quando a mãe se referira a um lugar ruim, com espetos e fogueiras. Por isso rezingara, esperando que ela fizesse o inferno transformar-se.

Todos os lugares conhecidos eram bons: o chiqueiro das cabras, o curral, o barreiro, o pátio, o bebedouro — mundo onde existiam seres reais, a família do vaqueiro e os bichos da fazenda. Além havia uma serra distante e azulada, um monte que a cachorra visitava, caçando preás, veredas quase imperceptíveis na catinga, moitas e capões de mato, impenetráveis bancos de macambira — e aí fervilhava uma população de pedras vivas e plantas que procediam como gente. Esses mundos viviam em paz, às vezes desapareciam as fronteiras, habitantes dos dois lados entendiam-se perfeitamente e auxiliavam-se. Existiam sem dúvida em toda a parte forças maléficas, mas essas forças eram sempre vencidas. E quando Fabiano amansava brabo, evidentemente uma entidade protetora segurava-o na sela, indicava-lhe os caminhos menos perigosos, livrava-o dos espinhos e dos galhos.

Nem sempre as relações entre as criaturas haviam sido amáveis. Antigamente os homens tinham fugido à toa, cansados e famintos. Sinhá Vitória, com o filho mais novo escanchado no quarto, equilibrava o baú de folha na cabeça; Fabiano levava no ombro a espingarda de pederneira; Baleia mostrava as costelas através do pelo escasso. Ele, o menino mais velho, caíra no chão que lhe torrava os pés. Escurecera de repente, os xiquexiques e os mandacarus haviam desaparecido. Mal sentia as pancadas que Fabiano lhe dava com a bainha da faca de ponta.

Naquele tempo o mundo era ruim. Mas depois se consertara, para bem dizer as coisas ruins não tinham existido. No jirau da cozinha arrumavam-se mantas de carne-seca e pedaços de toicinho. A sede não atormentava as pessoas, e à tarde, aberta a porteira, o gado miúdo corria para o bebedouro. Ossos e seixos transformavam-se às vezes nos entes que povoavam as moitas, o morro, a serra distante e os bancos de macambira.

Como não sabia falar direito, o menino balbuciava expressões complicadas, repetia as sílabas, imitava os berros dos animais, o barulho do vento, o som dos galhos que rangiam na catinga, roçando-se. Agora tinha tido a ideia de aprender uma palavra, com certeza importante porque figurava na conversa de sinhá Terta. Ia decorá-la e transmiti-la ao irmão e à cachorra. Baleia permaneceria indiferente, mas o irmão se admiraria, invejoso.

— Inferno, inferno.

Não acreditava que um nome tão bonito servisse para designar coisa ruim. E resolvera discutir com sinhá Vitória. Se ela houvesse dito que tinha ido ao inferno, bem. Sinhá Vitória impunha-se, autoridade visível e poderosa. Se houvesse feito menção de qualquer autoridade invisível e mais poderosa, muito bem. Mas tentara convencê-lo dando-lhe um cocorote, e isto lhe parecia absurdo. Achava as pancadas naturais quando as pessoas grandes se zangavam, pensava até que a zanga delas era a causa única dos cascudos e puxavantes de orelhas. Esta convicção tornava-o desconfiado, fazia-o observar os pais antes de se dirigir a eles. Animara-se a interrogar sinhá Vitória porque ela estava bem-disposta. Explicou isto à cachorrinha com abundância de gritos e gestos.

Baleia detestava expansões violentas: estirou as pernas, fechou os olhos e bocejou. Para ela os pontapés eram fatos desagradáveis e necessários. Só tinha um meio de evitá-los, a fuga. Mas às vezes apanhavam-na de surpresa, uma extremidade de alpercata batia-lhe no traseiro — saía latindo, ia esconder-se no mato, com desejo de morder canelas. Incapaz de realizar o desejo, aquietava-se. Efetivamente a exaltação do amigo era desarrazoada. Tornou a estirar as pernas e bocejou de novo. Seria bom dormir.

O menino beijou-lhe o focinho úmido, embalou-a. A alma dele pôs-se a fazer voltas em redor da serra azulada e dos bancos de macambira. Fabiano dizia que na serra havia tocas de suçuaranas. E nos bancos de macambira, rendilhados de espinhos, surgiam cabeças chatas de jararacas.

Esfregou as mãos finas, esgaravatou as unhas sujas. Pensou nas figurinhas abandonadas junto ao barreiro, mas isto lhe trouxe a recordação da palavra infeliz. Diligenciou afastar do espírito aquela curiosidade funesta, imaginou que não fizera a pergunta, não recebera portanto o cascudo.

Levantou-se. Via a janela da cozinha, o cocó de sinhá Vitória, e isto lhe dava pensamentos maus. Foi sentar-se debaixo de outra árvore, avistou a serra coberta de nuvens. Ao escurecer a serra misturava-se com o céu e as estrelas andavam em cima dela. Como era possível haver estrelas na terra?

A cadelinha chegou-se aos pulos, cheirou-o, lambeu-lhe as mãos e acomodou-se.

Como era possível haver estrelas na terra?

Entristeceu. Talvez sinhá Vitória dissesse a verdade. O inferno devia estar cheio de jararacas e suçuaranas, e as pessoas que moravam lá recebiam cocorotes, puxões de orelhas e pancadas com bainha de faca.

Apesar de ter mudado de lugar, não podia livrar-se da presença de sinhá Vitória. Repetiu que não havia acontecido nada e tentou pensar nas estrelas que se acendiam na serra. Inutilmente. Àquela hora as estrelas estavam apagadas.

Sentiu-se fraco e desamparado, olhou os braços magros, os dedos finos, pôs-se a fazer no chão desenhos misteriosos. Para que sinhá Vitória tinha dito aquilo?

Abraçou a cachorrinha com uma violência que a descontentou. Não gostava de ser apertada, preferia saltar e espojar-se. Farejando a panela, franzia as ventas e reprovava os modos estranhos do amigo. Um osso grande subia e descia no caldo. Esta imagem consoladora não a deixava.

O menino continuava a abraçá-la. E Baleia encolhia-se para não magoá-lo, sofria a carícia excessiva. O cheiro dele era bom, mas estava misturado com emanações que vinham da cozinha. Havia ali um osso. Um osso graúdo, cheio de tutano e com alguma carne.

INVERNO

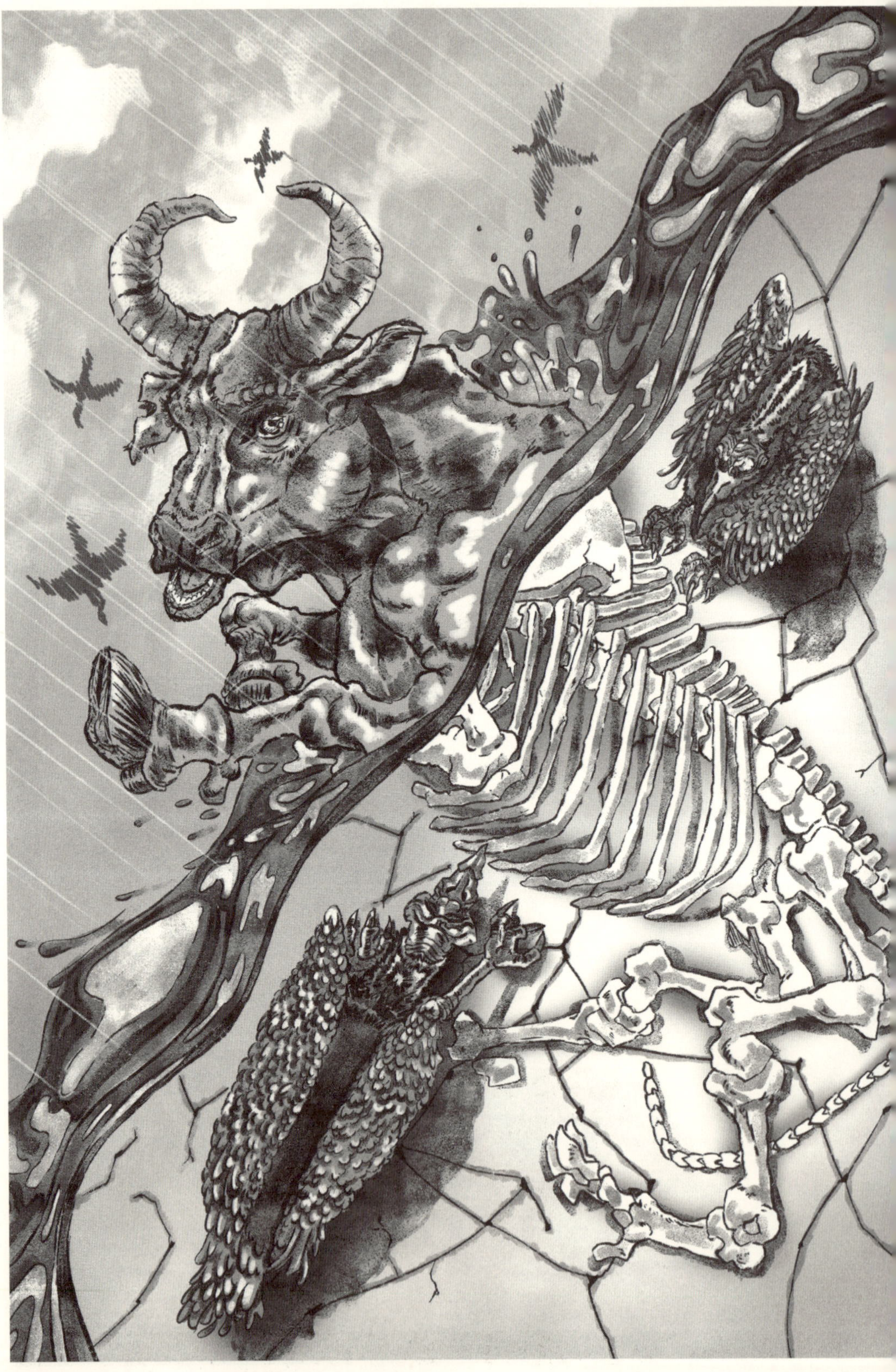

A família estava reunida em torno do fogo, Fabiano sentado no pilão caído, sinhá Vitória de pernas cruzadas, as coxas servindo de travesseiros aos filhos. A cachorra Baleia, com o traseiro no chão e o resto do corpo levantado, olhava as brasas que se cobriam de cinza.

Estava um frio medonho, as goteiras pingavam lá fora, o vento sacudia os ramos das catingueiras, e o barulho do rio era como um trovão distante.

Fabiano esfregou as mãos satisfeito e empurrou os tições com a ponta da alpercata. As brasas estalaram, a cinza caiu, um círculo de luz espalhou-se em redor da trempe de pedra, clareando vagamente os pés do vaqueiro, os joelhos da mulher e os meninos deitados. De quando em quando estes se mexiam, porque o lume era fraco e apenas aquecia pedaços deles. Outros pedaços esfriavam recebendo o ar que entrava pelas rachaduras das paredes e pelas gretas da janela. Por isso não podiam dormir. Quando iam pegando no sono, arrepiavam-se, tinham precisão de virar-se, chegavam-se à trempe e ouviam a conversa dos pais. Não era propriamente conversa: eram frases soltas, espaçadas, com repetições e incongruências. Às vezes uma interjeição gutural dava energia ao discurso ambíguo. Na verdade nenhum deles prestava atenção às palavras do outro: iam exibindo as imagens que lhes vinham ao espírito, e as imagens sucediam-se, deformavam-se, não havia meio de dominá-las. Como os recursos de expressão eram minguados, tentavam remediar a deficiência falando alto.

Fabiano tornou a esfregar as mãos e iniciou uma história bastante confusa, mas como só estavam iluminadas as alpercatas dele, o gesto passou despercebido. O menino mais velho abriu os ouvidos, atento. Se pudesse ver o rosto do pai, compreenderia talvez uma parte da narração, mas assim no escuro a dificuldade era grande. Levantou-se, foi a um canto da cozinha, trouxe de lá uma braçada de lenha. Sinhá Vitória aprovou este ato com um rugido, mas Fabiano condenou a interrupção, achou que o procedimento do filho revelava falta de respeito e estirou o braço para castigá-lo. O pequeno escapuliu-se, foi enrolar-se na saia da mãe, que se pôs francamente do lado dele.

— Hum! hum! Que brabeza!

Aquele homem era assim mesmo, tinha o coração perto da goela.

— Estourado.

Remexeu as brasas com o cabo da quenga de coco, arrumou entre as pedras achas de angico molhado, procurou acendê-las. Fabiano ajudou-a: suspendeu a tagarelice, pôs-se de quatro pés e soprou os carvões, enchendo muito as bochechas. Uma fumarada invadiu a cozinha, as pessoas tossiram, enxugaram os olhos. Sinhá Vitória manejou o abano, e passado um minuto as labaredas espirraram entre as pedras.

O círculo de luz aumentou, agora as figuras surgiam na sombra, vermelhas. Fabiano, visível da barriga para baixo, ia-se tornando indistinto daí para cima, era um negrume que vagos clarões cortavam. Desse negrume saiu novamente a parolagem mastigada.

Fabiano estava de bom humor. Dias antes a enchente havia coberto as marcas postas no fim da terra de aluvião, alcançava as catingueiras, que deviam estar submersas. Certamente só apareciam as folhas, a espuma subia, lambendo ribanceiras que se desmoronavam.

Dentro em pouco o despotismo de água ia acabar, mas Fabiano não pensava no futuro. Por enquanto a inundação crescia, matava bichos, ocupava grotas e várzeas. Tudo muito bem. E Fabiano esfregava as mãos. Não havia o perigo da seca imediata, que aterrorizara a família durante meses. A catinga amarelecera, avermelhara-se, o gado principiara a emagrecer e horríveis visões de pesadelo tinham agitado o sono das pessoas. De repente um traço ligeiro rasgara o céu para os lados da cabeceira do rio, outros surgiram mais claros, o trovão roncara perto, na escuridão da meia-noite rolaram nuvens cor de sangue. A ventania arrancara sucupiras e imburanas, houvera relâmpagos em demasia — e sinhá Vitória se escondera na camarinha com os filhos, tapando as orelhas, enrolando-se nas cobertas. Mas aquela brutalidade findara de chofre, a chuva caíra, a cabeça da cheia aparecera arrastando troncos e animais mortos. A água tinha subido, alcançado a ladeira, estava com vontade de chegar aos juazeiros do fim do pátio. Sinhá Vitória andava amedrontada. Seria possível que a água topasse os juazeiros? Se isto acontecesse, a casa seria invadida, os moradores teriam de subir o morro, viver uns dias no morro, como preás.

Suspirava atiçando o fogo com o cabo da quenga de coco. Deus não permitiria que sucedesse tal desgraça.

— An!

A casa era forte.

— An!

Os esteios de aroeira estavam bem fincados no chão duro. Se o rio chegasse ali, derrubaria apenas os torrões que formavam o enchimento das paredes de taipa. Deus protegeria a família.

— An!

As varas estavam bem amarradas com cipós nos esteios de aroeira. O arcabouço da casa resistiria à fúria das águas. E quando elas baixassem, a família regressaria. Sim, viveriam todos no mato, como preás. Mas voltariam quando as águas baixassem, tirariam do barreiro terra para vestir o esqueleto da casa.

— An!

Sinhá Vitória moveu o abano com força para não ouvir o barulho do rio, que se aproximava. Seria que ele estava com intenção de progredir? O abano zumbia, e o rumor da enchente era um sopro, um sopro que esmorecia para lá dos juazeiros.

Fabiano contava façanhas. Começara moderadamente, mas excitara-se pouco a pouco e agora via os acontecimentos com exagero e otimismo, estava convencido de que praticara feitos notáveis. Necessitava esta convicção. Algum tempo antes acontecera aquela desgraça: o soldado amarelo provocara-o na feira, dera-lhe uma surra de facão e metera-o na cadeia. Fabiano passara semanas capiongo, fantasiando vinganças, vendo a criação definhar na catinga torrada. Se a seca chegasse, ele abandonaria mulher e filhos, coseria a facadas o soldado amarelo, depois mataria o juiz, o promotor e o delegado. Estivera uns dias assim murcho, pensando na seca e roendo a humilhação. Mas a trovoada roncara, viera a cheia, e agora as goteiras pingavam, o vento entrava pelos buracos das paredes.

Fabiano estava contente e esfregava as mãos. Como o frio era grande, aproximou-as das labaredas. Relatava um fuzuê terrível, esquecia as pancadas e a prisão, sentia-se capaz de atos importantes.

O rio subia a ladeira, estava perto dos juazeiros. Não havia notícia de que os houvesse atingido — e Fabiano, seguro, baseado nas informações dos mais velhos, narrava uma briga de que saíra vencedor. A briga era sonho, mas Fabiano acreditava nela.

As vacas vinham abrigar-se junto à parede da casa, pegada ao curral, a chuva fustigava-as, os chocalhos batiam. Iriam engordar com o pasto novo, dar crias. O pasto cresceria no campo, as árvores se enfeitariam, o gado se multiplicaria. Engordariam todos, ele, Fabiano, a mulher, os dois filhos e a cachorra Baleia. Talvez sinhá Vitória adquirisse uma cama de lastro de couro. Realmente o jirau de varas onde se espichavam era incômodo.

Fabiano gesticulava. Sinhá Vitória agitava o abano para sustentar as labaredas no angico molhado. Os meninos, sentindo frio numa banda e calor na outra, não podiam dormir e escutavam as lorotas do pai. Começaram a discutir em voz baixa uma passagem obscura da narrativa. Não conseguiram entender-se, arengaram azedos, iam-se atracando. Fabiano zangou-se com a impertinência deles e quis puni-los. Depois moderou-se, repisou o trecho incompreensível utilizando palavras diferentes.

O menino mais novo bateu palmas, olhou as mãos de Fabiano, que se agitavam por cima das labaredas, escuras e vermelhas. As costas ficavam na sombra, mas as palmas estavam iluminadas e cor de sangue. Era como se Fabiano tivesse esfolado um animal. A barba ruiva e emaranhada estava invisível, os olhos azulados e imóveis fixavam-se nos tições, a fala dura e rouca entrecortava-se de silêncios. Sentado no pilão, Fabiano derreava-se, feio e bruto, com aquele jeito de bicho lerdo que não se aguenta em dois pés.

O menino mais velho estava descontente. Não podendo perceber as feições do pai, cerrava os olhos para entendê-lo bem. Mas surgira uma dúvida. Fabiano modificara a história — e isto reduzia-lhe a verossimilhança. Um desencanto. Estirou-se e bocejou. Teria sido melhor a repetição das palavras. Altercaria com o irmão procurando interpretá-las. Brigaria por causa das palavras — e a sua convicção encorparia. Fabiano devia tê-las repetido. Não. Aparecera uma variante, o herói tinha-se tornado humano e contraditório. O menino mais velho recordou-se de um brinquedo antigo, presente de seu Tomás da bolandeira. Fechou os olhos, reabriu-os, sonolento. O ar que entrava pelas rachas das paredes esfriava-lhe uma perna, um braço, todo o lado direito. Virou-se, os pedaços de Fabiano sumiram-se. O brinquedo se quebrara, o pequeno entristecera vendo as peças inúteis. Lembrou-se dos currais feitos de seixos miúdos, sob as catingueiras. Agora a lagoa estava cheia, tinha coberto os currais que ele construíra. O barreiro também se enchera, atingia a parede da cozinha, as águas dele juntavam-se às da lagoa. Para ir ao quintal onde havia craveiros e panelas de losna, sinhá Vitória saía pela porta da frente, descia o copiar e atravessava a porteira da baraúna. Atrás da casa, as cercas, o pé de turco e as catingueiras estavam dentro da água. As goteiras pingavam, os chocalhos das vacas tiniam, os sapos cantavam. O som dos chocalhos era familiar, mas a cantiga dos sapos e o rumor das goteiras causavam estranheza. Tudo estava mudado. Chovia o dia inteiro, a noite inteira. As moitas e capões de mato onde viviam seres misteriosos tinham sido violados. Havia lá sapos. E a cantiga deles subia e descia, uma toada lamentosa enchia os arredores. Tentou contar as vozes, atrapalhou-se. Eram muitas, com certeza havia uma infinidade de sapos nas moitas e nos capões. Que estariam fazendo? Por que gritavam a cantoria gorgolejada e triste? Nunca vira um deles, confundia-os com os habitantes invisíveis da serra e dos bancos de macambira. Enrolou-se, acomodou-se, adormeceu, uma banda aquecida pelo fogo, a outra banda protegida pelas nádegas de sinhá Vitória.

O abano agitava-se, a madeira úmida chiava, o vulto de Fabiano iluminava-se e escurecia.

Baleia, imóvel, paciente, olhava os carvões e esperava que a família se recolhesse. Enfastiava-a o barulho que Fabiano fazia. No campo, seguindo uma rês, ele se esgoelava demais. Natural. Mas ali, à beira do fogo, para que tanto grito? Fabiano estava-se cansando à toa. Baleia se enjoava, cochilava e não podia dormir. Sinhá Vitória devia retirar os carvões e a cinza, varrer o chão, deitar-se na cama de varas com Fabiano. Os meninos se arrumariam na esteira, por baixo do caritó, na sala. Era bom que a deixassem em paz. O dia todo espiava os movimentos das pessoas, tentando adivinhar coisas incompreensíveis. Agora precisava dormir, livrar-se das pulgas e daquela vigilância a que a tinham habituado. Varrido o chão com vassourinha, escorregaria entre as pedras, enroscar-se-ia, adormeceria no calor, sentindo o cheiro das cabras molhadas e ouvindo rumores desconhecidos, o tique-taque das pingueiras, a cantiga dos sapos, o sopro do rio cheio. Bichos miúdos e sem dono iriam visitá-la.

FESTA

Fabiano, sinhá Vitória e os meninos iam à festa de Natal na cidade. Eram três horas, fazia grande calor, redemoinhos espalhavam por cima das árvores amarelas nuvens de poeira e folhas secas.

Tinham fechado a casa, atravessado o pátio, descido a ladeira, e pezunhavam nos seixos como bois doentes dos cascos. Fabiano, apertado na roupa de brim branco feita por sinhá Terta, com chapéu de baeta, colarinho, gravata, botinas de vaqueta e elástico, procurava erguer o espinhaço, o que ordinariamente não fazia. Sinhá Vitória, enfronhada no vestido vermelho de ramagens, equilibrava-se mal nos sapatos de salto enorme. Teimava em calçar-se como as moças da rua — e dava topadas no caminho. Os meninos estreavam calça e paletó. Em casa sempre usavam camisinhas de riscado ou andavam nus. Mas Fabiano tinha comprado dez varas de pano branco na loja e incumbira sinhá Terta de arranjar farpelas para ele e para os filhos. Sinhá Terta achara pouca a fazenda, e Fabiano se mostrara desentendido, certo de que a velha pretendia furtar-lhe os retalhos. Em consequência as roupas tinham saído curtas, estreitas e cheias de emendas.

Fabiano tentava não perceber essas desvantagens. Marchava direito, a barriga para fora, as costas aprumadas, olhando a serra distante. De ordinário olhava o chão, evitando as pedras, os tocos, os buracos e as cobras. A posição forçada cansou-o. E ao pisar a areia do rio, notou que assim não poderia vencer as três léguas que o separavam da cidade. Descalçou-se, meteu as meias no bolso, tirou o paletó, a gravata e o colarinho, roncou aliviado. Sinhá Vitória decidiu imitá-lo: arrancou os sapatos e as meias, que amarrou no lenço. Os meninos puseram as chinelinhas debaixo do braço e sentiram-se à vontade.

A cachorra Baleia, que vinha atrás, incorporou-se ao grupo. Se ela tivesse chegado antes, provavelmente Fabiano a teria enxotado. E Baleia passaria a festa junto às cabras que sujavam o copiar. Mas com a gravata e o colarinho machucados no bolso, o paletó no ombro e as botinas enfiadas num pau, o vaqueiro achou-se perto dela e a acolheu.

Retomou a posição natural: andou cambaio, a cabeça inclinada. Sinhá Vitória, os dois meninos e Baleia acompanharam-no. A tarde foi comida facilmente e ao cair da noite estavam na beira do riacho, à entrada da rua.

Aí Fabiano parou, sentou-se, lavou os pés duros, procurando retirar das gretas fundas o barro que lá havia. Sem se enxugar, tentou calçar-se — e foi uma dificuldade: os calcanhares das meias de algodão formaram bolos nos peitos dos pés e as botinas de vaqueta resistiram como virgens. Sinhá Vitória levantou a saia, sentou-se no chão e limpou-se também. Os dois meninos entraram no riacho, esfregaram os pés, saíram, calçaram as chinelinhas e ficaram espiando os movimentos dos pais. Sinhá Vitória aprontava-se e erguia-se, mas Fabiano soprava arreliado. Tinha vencido a obstinação de uma daquelas amaldiçoadas botinas; a outra emperrava, e ele, com os dedos nas alças, fazia esforços inúteis. Sinhá Vitória dava palpites que irritavam o marido. Não havia meio de introduzir o diabo do calcanhar no tacão. A um arranco mais forte, a alça de trás rebentou-se, e o vaqueiro meteu as mãos pela borracha, energicamente. Nada conseguindo, levantou-se resolvido a entrar na rua assim mesmo, coxeando, uma perna mais comprida que a outra. Com raiva excessiva, a que se misturava alguma esperança, deu uma patada violenta no chão. A carne comprimiu-se, os ossos estalaram, a meia molhada rasgou-se e o pé amarrotado se encaixou entre as paredes de vaqueta. Fabiano soltou um suspiro largo de satisfação e dor. Em seguida tentou prender o colarinho duro ao pescoço, mas os dedos trêmulos não realizaram a tarefa. Sinhá Vitória auxiliou-o: o botão entrou na casa estreita e a gravata amarrou-se. As mãos sujas, suadas, deixaram no colarinho manchas escuras.

— Está certo — grunhiu Fabiano.

Atravessaram a pinguela e alcançaram a rua. Sinhá Vitória caminhava aos tombos, por causa dos saltos dos sapatos, e conservava o guarda-chuva suspenso, com o castão para baixo e a biqueira para cima, enrolada no lenço. Impossível dizer por que sinhá Vitória levava o guarda-chuva com a biqueira para cima e o castão para baixo. Ela própria não saberia se explicar, mas sempre vira as outras matutas procederem assim e adotava o costume.

Fabiano marchava teso.

Os dois meninos espiavam os lampiões e adivinhavam casos extraordinários. Não sentiam curiosidade, sentiam medo, e por isso pisavam devagar, receando chamar a atenção das pessoas. Supunham que existiam mundos diferentes da fazenda, mundos maravilhosos na serra azulada. Aquilo, porém, era esquisito. Como podia haver tantas casas e tanta gente? Com certeza os homens iriam brigar. Seria que o povo ali era brabo e não consentia que eles andassem entre as barracas? Estavam acostumados a aguentar cascudos e puxões de orelhas. Talvez as criaturas desconhecidas não se comportassem como sinhá Vitória, mas os pequenos retraíam-se, encostavam-se às paredes, meio encandeados, os ouvidos cheios de rumores estranhos.

Chegaram à igreja, entraram. Baleia ficou passeando na calçada, olhando a rua, inquieta. Na opinião dela, tudo devia estar no escuro, porque era noite, e a gente que andava no quadro precisava deitar-se. Levantou o focinho, sentiu um cheiro que lhe deu vontade de tossir. Gritavam demais ali perto e havia luzes em abundância, mas o que a incomodava era aquele cheiro de fumaça.

Os meninos também se espantavam. No mundo, subitamente alargado, viam Fabiano e sinhá Vitória muito reduzidos, menores que as figuras dos altares. Não conheciam altares, mas presumiam que aqueles objetos deviam ser preciosos. As luzes e os cantos extasiavam-nos. De luz havia, na fazenda, o fogo entre as pedras da cozinha e o candeeiro de querosene pendurado pela asa numa vara que saía da taipa; de canto, o bendito de sinhá Vitória e o aboio de Fabiano. O aboio era triste, uma cantiga monótona e sem palavras que entorpecia o gado.

Fabiano estava silencioso, olhando as imagens e as velas acesas, constrangido na roupa nova, o pescoço esticado, pisando em brasas. A multidão apertava-o mais que a roupa, embaraçava-o. De perneiras, gibão e guarda-peito, andava metido numa caixa, como tatu, mas saltava no lombo de um bicho e voava na catinga. Agora não podia virar-se: mãos e braços roçavam-lhe o corpo. Lembrou-se da surra que levara e da noite passada na cadeia. A sensação que experimentava não diferia muito da que tinha tido ao ser preso. Era como se as mãos e os braços da multidão fossem agarrá-lo, subjugá-lo, espremê-lo num canto de parede. Olhou as caras em redor. Evidentemente as criaturas que se juntavam ali não o viam, mas Fabiano sentia-se rodeado de inimigos, temia envolver-se em questões e acabar mal a noite. Soprava e esforçava-se inutilmente por abanar-se com o chapéu. Difícil mover-se, estava amarrado. Lentamente conseguiu abrir caminho no povaréu, esgueirou-se até junto da pia de água benta, onde se deteve, receoso de perder de vista a mulher e os filhos. Ergueu-se nas pontas dos pés, mas isto lhe arrancou um grunhido: os calcanhares esfolados começavam a afligi-lo. Distinguiu o cocó de sinhá Vitória, que se escondia atrás de uma coluna. Provavelmente os meninos estavam com ela. A igreja cada vez mais se enchia. Para avistar a cabeça da mulher, Fabiano precisava estirar-se, voltar o rosto. E o colarinho furava-lhe o pescoço. As botinas e o colarinho eram indispensáveis. Não poderia assistir à novena calçado em alpercatas, a camisa de algodão aberta, mostrando o peito cabeludo. Seria desrespeito. Como tinha religião, entrava na igreja uma vez por ano. E sempre vira, desde que se entendera, roupas de festa assim: calça e paletó engomados, botinas de elástico, chapéu de baeta, colarinho e gravata. Não se arriscaria a prejudicar a tradição, embora sofresse com ela. Supunha cumprir um dever, tentava aprumar-se. Mas a disposição esmorecia: o espinhaço vergava, naturalmente, os braços mexiam-se desengonçados.

Comparando-se aos tipos da cidade, Fabiano reconhecia-se inferior. Por isso desconfiava que os outros mangavam dele. Fazia-se carrancudo e evitava conversas. Só lhe falavam com o fim de tirar-lhe qualquer coisa. Os negociantes furtavam na medida, no preço e na conta. O patrão realizava com pena e tinta cálculos incompreensíveis. Da última vez que se tinham encontrado houvera uma confusão de números, e Fabiano, com os miolos ardendo, deixara indignado o escritório do branco, certo de que fora enganado. Todos lhe davam prejuízo. Os caixeiros, os comerciantes e o proprietário tiravam-lhe o couro, e os que não tinham negócio com ele riam vendo-o passar nas ruas, tropeçando. Por isso Fabiano se desviava daqueles viventes. Sabia que a roupa nova cortada e cosida por sinhá Terta, o colarinho, a gravata, as botinas e o chapéu de baeta o tornavam ridículo, mas não queria pensar nisto.

— Preguiçosos, ladrões, faladores, mofinos.

Estava convencido de que todos os habitantes da cidade eram ruins. Mordeu os beiços. Não poderia dizer semelhante coisa. Por falta menor aguentara facão e dormira na cadeia. Ora, o soldado amarelo... Sacudiu a cabeça, livrou-se da recordação desagradável e procurou uma cara amiga na multidão. Se encontrasse um conhecido, iria chamá-lo para a calçada, abraçá-lo, sorrir, bater palmas. Depois falaria sobre gado. Estremeceu, tentou ver o cocó de sinhá Vitória. Precisava ter cuidado para não se distanciar da mulher e dos filhos. Aproximou-se deles, alcançou-os no momento em que a igreja começava a esvaziar-se.

Saíram aos encontrões, desceram os degraus. Empurrado, machucado, Fabiano tornou a pensar no soldado amarelo. No quadro, ao passar pelo jatobá, virou o rosto. Sem motivo nenhum, o desgraçado tinha ido provocá-lo, pisar-lhe o pé. Ele se desviara, com bons modos. Como o outro insistisse, perdera a paciência, tivera um rompante. Consequência: facão no lombo e uma noite de cadeia.

Convidou a mulher e os filhos para os cavalinhos, arrumou-os, distraiu-se um pouco vendo-os rodar. Em seguida encaminhou-os às barracas de jogo. Coçou-se, puxou o lenço, desatou-o, contou o dinheiro, com a tentação de arriscá-lo no bozó. Se fosse feliz, poderia comprar a cama de couro cru, o sonho de sinhá Vitória. Foi beber cachaça numa tolda, voltou, pôs-se a rondar indeciso, pedindo com os olhos a opinião da mulher. Sinhá Vitória fez um gesto de reprovação, e Fabiano retirou-se, lembrando-se do jogo que tivera em casa de seu Inácio, com o soldado amarelo. Fora roubado, com certeza fora roubado. Avizinhou-se da tolda e bebeu mais cachaça. Pouco a pouco ficou sem-vergonha.

— Festa é festa.

Bebeu ainda uma vez e empertigou-se, olhou as pessoas desafiando-as. Estava resolvido a fazer uma asneira. Se topasse o soldado amarelo, esbodegava-se com ele. Andou entre as barracas, emproado, atirando coices no chão, insensível às esfoladuras dos pés. Queria era desgraçar-se, dar um pano de amostra àquele safado. Não ligava importância à mulher e aos filhos, que o seguiam.

— Apareça um homem! — berrou.

No barulho que enchia a praça ninguém notou a provocação. E Fabiano foi esconder-se por detrás das barracas, para lá dos tabuleiros de doces. Estava disposto a esbagaçar-se, mas havia nele um resto de prudência. Ali podia irritar-se, dirigir ameaças e desaforos a inimigos invisíveis. Impelido por forças opostas, expunha-se e acautelava-se. Sabia que aquela explosão era perigosa, temia que o soldado amarelo surgisse de repente, viesse plantar-lhe no pé a reiuna. O soldado amarelo, falto de substância, ganhava fumaça na companhia dos parceiros. Era bom evitá-lo. Mas a lembrança dele tornava-se às vezes horrível. E Fabiano estava tirando uma desforra. Estimulado pela cachaça, fortalecia-se:

— Cadê o valente? Quem é que tem coragem de dizer que eu sou feio? Apareça um homem.

Lançava o desafio numa fala atrapalhada, com o vago receio de ser ouvido. Ninguém apareceu. E Fabiano roncou alto, gritou que eram todos uns frouxos, uns capados, sim senhor. Depois de muitos berros, supôs que havia ali perto homens escondidos, com medo dele. Insultou-os:

— Cambada de...

Parou agoniado, suando frio, a boca cheia de água, sem atinar com a palavra. Cambada de quê? Tinha o nome debaixo da língua. E a língua engrossava, perra, Fabiano cuspia, fixava na mulher e nos filhos uns olhos vidrados. Recuou alguns passos, entrou a engulhar. Em seguida aproximou-se novamente das luzes, capengando, foi sentar-se na calçada de uma loja. Estava desanimado, bambo; o entusiasmo arrefecera. Cambada de quê? Repetia a pergunta sem saber o que procurava. Olhou de perto a cara da mulher, não conseguiu distinguir-lhe os traços. Sinhá Vitória perceberia a atrapalhação dele? Havia ali outros matutos conversando, e Fabiano enjoou-os. Se não estivesse tão ansiado, arrotando, suando, brigaria com eles. A interrogação que lhe aperreava o espírito confuso juntou-se à ideia de que aquelas pessoas não tinham o direito de sentar-se na calçada. Queria que o deixassem com a mulher, os filhos e a cachorrinha. Cambada de quê? Soltou um grito áspero, bateu palmas:

— Cambada de cachorros.

Descoberta a expressão teimosa, alegrou-se. Cambada de cachorros. Evidentemente os matutos como ele não passavam de cachorros. Procurou com as mãos a mulher e os filhos, certificou-se de que eles estavam acomodados. Uma contração violenta no pescoço entortou-lhe o rosto, a boca encheu-se novamente de saliva. Pôs-se a cuspir. Serenou, respirou com força, passou os dedos por um fio de baba que lhe pendia do beiço. Estava era tonto, com uma zoada infeliz nos ouvidos. Ia jurar que mostrara valentia e correra perigo. Achava ao mesmo tempo que havia cometido uma falta. Agora estava pesado e com sono. Enquanto andara fazendo espalhafato, a cabeça cheia de aguardente, desprezara as esfoladuras dos pés. Mas esfriava, e as botinas de vaqueta magoavam-no em demasia. Arrancou-as, tirou as meias, libertou-se do colarinho, da gravata e do paletó, enrolou tudo, fez um travesseiro, estirou-se no cimento, puxou para os olhos o chapéu de baeta. E adormeceu, com o estômago embrulhado.

Sinhá Vitória achava-se em dificuldade: torcia-se para satisfazer uma precisão e não sabia como se desembaraçar. Podia esconder-se no fundo do quadro, por detrás das barracas, para lá dos tamboretes das doceiras. Ergueu-se meio decidida, tornou a acocorar-se. Abandonar os meninos, o marido naquele estado? Apertou-se e observou os quatro cantos com desespero, que a precisão era grande. Escapuliu-se disfarçadamente, chegou à esquina da loja, onde havia um magote de mulheres agachadas. E, olhando as frontarias das casas e as lanternas de papel, molhou o chão e os pés das outras matutas. Arrastou-se para junto da família, tirou do bolso o cachimbo de barro, atochou-o, acendeu-o, largou algumas baforadas longas de satisfação. Livre da necessidade, viu com interesse o formigueiro que circulava na praça, a mesa do leilão, as listas luminosas dos foguetes. Realmente a vida não era má. Pensou com um arrepio na seca, na viagem medonha que fizera em caminhos abrasados, vendo ossos e garranchos. Afastou a lembrança ruim, atentou naquelas belezas. O burburinho da multidão era doce, o realejo fanhoso dos cavalinhos não descansava. Para a vida ser boa, só faltava a sinhá Vitória uma cama igual à de seu Tomás da bolandeira. Suspirou, pensando na cama de varas em que dormia. Ficou ali de cócoras, cachimbando, os olhos e os ouvidos muito abertos para não perder a festa.

Os meninos trocavam impressões cochichando, aflitos com o desaparecimento da cachorra. Puxaram a manga da mãe. Que fim teria levado Baleia? Sinhá Vitória levantou o braço num gesto mole e indicou vagamente dois pontos cardeais com o canudo do cachimbo. Os pequenos insistiram. Onde estaria a cachorrinha? Indiferentes à igreja, às lanternas de papel, aos bazares, às mesas de jogo e aos foguetes, só se importavam com as pernas dos transeuntes. Coitadinha, andava por aí perdida, aguentando pontapés.

De repente Baleia apareceu. Trepou-se na calçada, mergulhou entre as saias das mulheres, passou por cima de Fabiano e chegou-se aos amigos, manifestando com a língua e com o rabo um vivo contentamento. O menino mais velho agarrou-a. Estava segura. Tentaram explicar-lhe que tinham tido susto enorme por causa dela, mas Baleia não ligou importância à explicação. Achava é que perdiam tempo num lugar esquisito, cheio de odores desconhecidos. Quis latir, expressar oposição a tudo aquilo, mas percebeu que não convenceria ninguém e encolheu-se, baixou a cauda, resignou-se ao capricho dos seus donos.

A opinião dos meninos assemelhava-se à dela. Agora olhavam as lojas, as toldas, a mesa do leilão. E conferenciavam pasmados. Tinham percebido que havia muitas pessoas no mundo. Ocupavam-se em descobrir uma enorme quantidade de objetos. Comunicaram baixinho um ao outro as surpresas que os enchiam. Impossível imaginar tantas maravilhas juntas. O menino mais novo teve uma dúvida e apresentou-a timidamente ao irmão. Seria que aquilo tinha sido feito por gente? O menino mais velho hesitou, espiou as lojas, as toldas iluminadas, as moças bem-vestidas. Encolheu os ombros. Talvez aquilo tivesse sido feito por gente. Nova dificuldade chegou-lhe ao espírito, soprou-a no ouvido do irmão. Provavelmente aquelas coisas tinham nomes. O menino mais novo interrogou-o com os olhos. Sim, com certeza as preciosidades que se exibiam nos altares da igreja e nas prateleiras das lojas tinham nomes. Puseram-se a discutir a questão intricada. Como podiam os homens guardar tantas palavras? Era impossível, ninguém conservaria tão grande soma de conhecimentos. Livres dos nomes, as coisas ficavam distantes, misteriosas. Não tinham sido feitas por gente. E os indivíduos que mexiam nelas cometiam imprudência. Vistas de longe, eram bonitas. Admirados e medrosos, falavam baixo para não desencadear as forças estranhas que elas porventura encerrassem.

Baleia cochilava, de quando em quando balançava a cabeça e franzia o focinho. A cidade se enchera de suores que a desconcertavam.

Sinhá Vitória enxergava, através das barracas, a cama de seu Tomás da bolandeira, uma cama de verdade.

Fabiano roncava de papo para cima, as abas do chapéu cobrindo-lhe os olhos, o quengo sobre as botinas de vaqueta. Sonhava, agoniado, e Baleia percebia nele um cheiro que o tornava irreconhecível. Fabiano se agitava, soprando. Muitos soldados amarelos tinham aparecido, pisavam-lhe os pés com enormes reiunas e ameaçavam-no com facões terríveis.

BALEIA

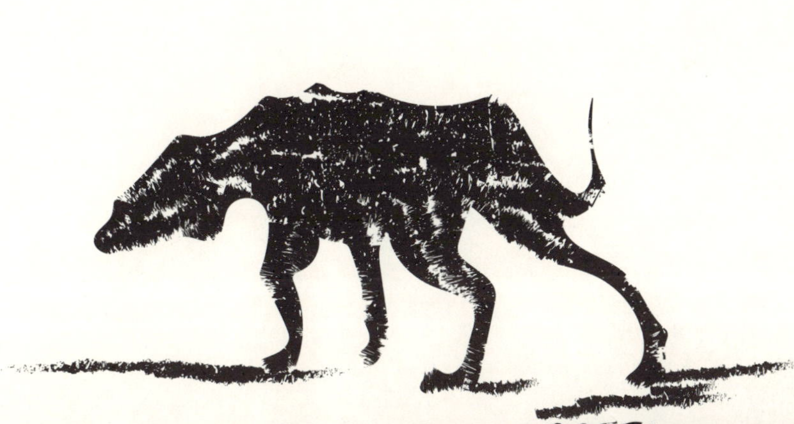

A cachorra Baleia estava para morrer. Tinha emagrecido, o pelo caíra-lhe em vários pontos, as costelas avultavam num fundo róseo, onde manchas escuras supuravam e sangravam, cobertas de moscas. As chagas da boca e a inchação dos beiços dificultavam-lhe a comida e a bebida.

Por isso Fabiano imaginara que ela estivesse com um princípio de hidrofobia e amarrara-lhe no pescoço um rosário de sabugos de milho queimados. Mas Baleia, sempre de mal a pior, roçava-se nas estacas do curral ou se metia no mato, impaciente, enxotava os mosquitos sacudindo as orelhas murchas, agitando a cauda pelada e curta, grossa na base, cheia de roscas, semelhante a uma cauda de cascavel.

Então Fabiano resolveu matá-la. Foi buscar a espingarda de pederneira, lixou-a, limpou-a com o saca-trapo e fez tenção de carregá-la bem para a cachorra não sofrer muito.

Sinhá Vitória fechou-se na camarinha, rebocando os meninos assustados, que adivinhavam desgraça e não se cansavam de repetir a mesma pergunta:

— Vão bulir com a Baleia?

Tinham visto o chumbeiro e o polvarinho, os modos de Fabiano afligiam-nos, davam-lhes a suspeita de que Baleia corria perigo.

Ela era como uma pessoa da família: brincavam juntos os três, para bem-dizer não se diferençavam, rebolavam na areia do rio e no estrume fofo que ia subindo, ameaçava cobrir o chiqueiro das cabras.

Quiseram mexer na taramela e abrir a porta, mas sinhá Vitória levou-os para a cama de varas, deitou-os e esforçou-se por tapar-lhes os ouvidos: prendeu a cabeça do mais velho entre as coxas e espalmou as mãos nas orelhas do segundo. Como os pequenos resistissem, aperreou-se e tratou de subjugá-los, resmungando com energia.

Ela também tinha o coração pesado, mas resignava-se: naturalmente a decisão de Fabiano era necessária e justa. Pobre da Baleia.

Escutou, ouviu o rumor do chumbo que se derramava no cano da arma, as pancadas surdas da vareta na bucha. Suspirou. Coitadinha da Baleia.

Os meninos começaram a gritar e a espernear. E como sinhá Vitória tinha relaxado os músculos, deixou escapar o mais taludo e soltou uma praga:

— Capeta excomungado.

Na luta que travou para segurar de novo o filho rebelde, zangou-se de verdade. Safadinho. Atirou um cocorote ao crânio enrolado na coberta vermelha e na saia de ramagens.

Pouco a pouco a cólera diminuiu, e sinhá Vitória, embalando as crianças, enjoou-se da cadela achacada, gargarejou muxoxos e nomes feios. Bicho nojento, babão. Inconveniência deixar cachorro doido solto em casa. Mas compreendia que estava sendo severa demais, achava difícil Baleia endoidecer e lamentava que o marido não houvesse esperado mais um dia para ver se realmente a execução era indispensável.

Nesse momento Fabiano andava no copiar, batendo castanholas com os dedos. Sinhá Vitória encolheu o pescoço e tentou encostar os ombros às orelhas. Como isto era impossível, levantou os braços e, sem largar o filho, conseguiu ocultar um pedaço da cabeça.

Fabiano percorreu o alpendre, olhando a baraúna e as porteiras, açulando um cão invisível contra animais invisíveis:

— Ecô! ecô!

Em seguida entrou na sala, atravessou o corredor e chegou à janela baixa da cozinha. Examinou o terreiro, viu Baleia coçando-se a esfregar as peladuras no pé de turco, levou a espingarda ao rosto. A cachorra espiou o dono desconfiada, enroscou-se no tronco e foi-se desviando, até ficar no outro lado da árvore, agachada e arisca, mostrando apenas as pupilas negras. Aborrecido com esta manobra, Fabiano saltou a janela, esgueirou-se ao longo da cerca do curral, deteve-se no mourão do canto e levou de novo a arma ao rosto. Como o animal estivesse de frente e não apresentasse bom alvo, adiantou-se mais alguns passos. Ao chegar às catingueiras, modificou a pontaria e puxou o gatilho. A carga alcançou os quartos traseiros e inutilizou uma perna de Baleia, que se pôs a latir desesperadamente.

Ouvindo o tiro e os latidos, sinhá Vitória pegou-se à Virgem Maria e os meninos rolaram na cama, chorando alto. Fabiano recolheu-se.

E Baleia fugiu precipitada, rodeou o barreiro, entrou no quintalzinho da esquerda, passou rente aos craveiros e às panelas de losna, meteu-se por um buraco da cerca e ganhou o pátio, correndo em três pés. Dirigiu-se ao copiar, mas temeu encontrar Fabiano e afastou-se para o chiqueiro das cabras. Demorou-se aí um instante, meio desorientada, saiu depois sem destino, aos pulos.

Defronte do carro de bois faltou-lhe a perna traseira. E, perdendo muito sangue, andou como gente, em dois pés, arrastando com dificuldade a parte posterior do corpo. Quis recuar e esconder-se debaixo do carro, mas teve medo da roda.

Encaminhou-se aos juazeiros. Sob a raiz de um deles havia uma barroca macia e funda. Gostava de espojar-se ali: cobria-se de poeira, evitava as moscas e os mosquitos, e quando se levantava, tinha folhas secas e gravetos colados às feridas, era um bicho diferente dos outros.

Caiu antes de alcançar essa cova arredada. Tentou erguer-se, endireitou a cabeça e estirou as pernas dianteiras, mas o resto do corpo ficou deitado de banda. Nesta posição torcida, mexeu-se a custo, ralando as patas, cravando as unhas no chão, agarrando-se nos seixos miúdos. Afinal esmoreceu e se aquietou junto às pedras onde os meninos jogavam cobras mortas.

Uma sede horrível queimava-lhe a garganta. Procurou ver as pernas e não as distinguiu: um nevoeiro impedia-lhe a visão. Pôs-se a latir e desejou morder Fabiano. Realmente não latia: uivava baixinho, e os uivos iam diminuindo, tornavam-se quase imperceptíveis.

Como o sol a encandeasse, conseguiu adiantar-se umas polegadas e esconder-se numa nesga de sombra que ladeava a pedra.

Olhou-se de novo, aflita. Que lhe estaria acontecendo? O nevoeiro engrossava e aproximava-se.

Sentiu o cheiro bom dos preás que desciam do morro, mas o cheiro vinha fraco e havia nele partículas de outros viventes. Parecia que o morro se tinha distanciado muito. Arregaçou o focinho, aspirou o ar lentamente, com vontade de subir a ladeira e perseguir os preás, que pulavam e corriam em liberdade.

Começou a arquejar penosamente, fingindo ladrar. Passou a língua pelos beiços torrados e não experimentou nenhum prazer. O olfato cada vez mais se embotava: certamente os preás tinham fugido.

Esqueceu-os e de novo lhe veio o desejo de morder Fabiano, que lhe apareceu diante dos olhos meio vidrados, com um objeto esquisito na mão. Não conhecia o objeto, mas pôs-se a tremer, convencida de que ele encerrava surpresas desagradáveis. Fez um esforço para desviar-se daquilo e encolher o rabo. Cerrou as pálpebras pesadas e julgou que o rabo estava encolhido. Não poderia morder Fabiano: tinha nascido perto dele, numa camarinha, sob a cama de varas, e consumira a existência em submissão, ladrando para juntar o gado quando o vaqueiro batia palmas.

O objeto desconhecido continuava a ameaçá-la. Conteve a respiração, cobriu os dentes, espiou o inimigo por baixo das pestanas caídas. Ficou assim algum tempo, depois sossegou. Fabiano e a coisa perigosa tinham-se sumido.

Abriu os olhos a custo. Agora havia uma grande escuridão, com certeza o sol desaparecera.

Os chocalhos das cabras tilintaram para os lados do rio, o fartum do chiqueiro espalhou-se pela vizinhança.

Baleia assustou-se. Que faziam aqueles animais soltos de noite? A obrigação dela era levantar-se, conduzi-los ao bebedouro. Franziu as ventas, procurando distinguir os meninos. Estranhou a ausência deles.

Não se lembrava de Fabiano. Tinha havido um desastre, mas Baleia não atribuía a esse desastre a impotência em que se achava nem percebia que estava livre de responsabilidades. Uma angústia apertou-lhe o pequeno coração. Precisava vigiar as cabras: àquela hora cheiros de suçuarana deviam andar pelas ribanceiras, rondar as moitas afastadas. Felizmente os meninos dormiam na esteira, por baixo do caritó onde sinhá Vitória guardava o cachimbo.

Uma noite de inverno, gelada e nevoenta, cercava a criaturinha. Silêncio completo, nenhum sinal de vida nos arredores. O galo velho não cantava no poleiro, nem Fabiano roncava na cama de varas. Estes sons não interessavam Baleia, mas quando o galo batia as asas e Fabiano se virava, emanações familiares revelavam-lhe a presença deles. Agora parecia que a fazenda se tinha despovoado.

Baleia respirava depressa, a boca aberta, os queixos desgovernados, a língua pendente e insensível. Não sabia o que tinha sucedido. O estrondo, a pancada que recebera no quarto e a viagem difícil do barreiro ao fim do pátio desvaneciam-se no seu espírito.

Provavelmente estava na cozinha, entre as pedras que serviam de trempe. Antes de se deitar, sinhá Vitória retirava dali os carvões e a cinza, varria com um molho de vassourinha o chão queimado, e aquilo ficava um bom lugar para cachorro descansar. O calor afugentava as pulgas, a terra se amaciava. E, findos os cochilos, numerosos preás corriam e saltavam, um formigueiro de preás invadia a cozinha.

A tremura subia, deixava a barriga e chegava ao peito de Baleia. Do peito para trás era tudo insensibilidade e esquecimento. Mas o resto do corpo se arrepiava, espinhos de mandacaru penetravam na carne meio comida pela doença.

Baleia encostava a cabecinha fatigada na pedra. A pedra estava fria, certamente sinhá Vitória tinha deixado o fogo apagar-se muito cedo.

Baleia queria dormir. Acordaria feliz, num mundo cheio de preás. E lamberia as mãos de Fabiano, um Fabiano enorme. As crianças se espojariam com ela, rolariam com ela num pátio enorme, num chiqueiro enorme. O mundo ficaria todo cheio de preás, gordos, enormes.

CONTAS

Fabiano recebia na partilha a quarta parte dos bezerros e a terça dos cabritos. Mas como não tinha roça e apenas se limitava a semear na vazante uns punhados de feijão e milho, comia da feira, desfazia-se dos animais, não chegava a ferrar um bezerro ou assinar a orelha de um cabrito.

Se pudesse economizar durante alguns meses, levantaria a cabeça. Forjara planos. Tolice, quem é do chão não se trepa. Consumidos os legumes, roídas as espigas de milho, recorria à gaveta do amo, cedia por preço baixo o produto das sortes. Resmungava, rezingava, numa aflição, tentando espichar os recursos minguados, engasgava-se, engolia em seco. Transigindo com outro, não seria roubado tão descaradamente. Mas receava ser expulso da fazenda. E rendia-se. Aceitava o cobre e ouvia conselhos. Era bom pensar no futuro, criar juízo. Ficava de boca aberta, vermelho, o pescoço inchando. De repente estourava:

— Conversa. Dinheiro anda num cavalo e ninguém pode viver sem comer. Quem é do chão não se trepa.

Pouco a pouco o ferro do proprietário queimava os bichos de Fabiano. E quando não tinha mais nada para vender, o sertanejo endividava-se. Ao chegar a partilha, estava encalacrado, e na hora das contas davam-lhe uma ninharia.

Ora, daquela vez, como das outras, Fabiano ajustou o gado, arrependeu-se, enfim deixou a transação meio apalavrada e foi consultar a mulher. Sinhá Vitória mandou os meninos para o barreiro, sentou-se na cozinha, concentrou-se, distribuiu no chão sementes de várias espécies, realizou somas e diminuições. No dia seguinte Fabiano voltou à cidade, mas ao fechar o negócio notou que as operações de sinhá Vitória, como de costume, diferiam das do patrão. Reclamou e obteve a explicação habitual: a diferença era proveniente de juros.

Não se conformou: devia haver engano. Ele era bruto, sim senhor, via-se perfeitamente que era bruto, mas a mulher tinha miolo. Com certeza havia um erro no papel do branco. Não se descobriu o erro, e Fabiano perdeu os estribos. Passar a vida inteira assim no toco, entregando o que era dele de mão beijada! Estava direito aquilo? Trabalhar como negro e nunca arranjar carta de alforria!

O patrão zangou-se, repeliu a insolência, achou bom que o vaqueiro fosse procurar serviço noutra fazenda.

Aí Fabiano baixou a pancada e amunhecou. Bem, bem. Não era preciso barulho não. Se havia dito palavra à toa, pedia desculpa. Era bruto, não fora ensinado. Atrevimento não tinha, conhecia o seu lugar. Um cabra. Ia lá puxar questão com gente rica? Bruto, sim senhor, mas sabia respeitar os homens. Devia ser ignorância da mulher, provavelmente devia ser ignorância da mulher. Até estranhara as contas dela. Enfim, como não sabia ler (um bruto, sim senhor), acreditara na sua velha. Mas pedia desculpa e jurava não cair noutra.

O amo abrandou, e Fabiano saiu de costas, o chapéu varrendo o tijolo. Na porta, virando-se, enganchou as rosetas das esporas, afastou-se tropeçando, os sapatões de couro cru batendo no chão como cascos.

Foi até a esquina, parou, tomou fôlego. Não deviam tratá-lo assim. Dirigiu-se ao quadro lentamente. Diante da bodega de seu Inácio virou o rosto e fez uma curva larga. Depois que acontecera aquela miséria, temia passar ali. Sentou-se numa calçada, tirou do bolso o dinheiro, examinou-o, procurando adivinhar quanto lhe tinham furtado. Não podia dizer em voz alta que aquilo era um furto, mas era. Tomavam-lhe o gado quase de graça e ainda inventavam juro. Que juro! O que havia era safadeza.

— Ladroeira.

Nem lhe permitiam queixas. Porque reclamara, achara a coisa uma exorbitância, o branco se levantara furioso, com quatro pedras na mão. Para que tanto espalhafato?

— Hum! hum!

Recordou-se do que lhe sucedera anos atrás, antes da seca, longe. Num dia de apuro recorrera ao porco magro que não queria engordar no chiqueiro e estava reservado às despesas do Natal: matara-o antes de tempo e fora vendê-lo na cidade. Mas o cobrador da prefeitura chegara com o recibo e atrapalhara-o. Fabiano fingira-se desentendido: não compreendia nada, era bruto. Como o outro lhe explicasse que, para vender o porco, devia pagar imposto, tentara convencê-lo de que ali não havia porco, havia quartos de porco, pedaços de carne. O agente se aborrecera, insultara-o, e Fabiano se encolhera. Bem, bem. Deus o livrasse de história com o governo. Julgava que podia dispor dos seus troços. Não entendia de imposto.

— Um bruto, está percebendo?

Supunha que o cevado era dele. Agora se a prefeitura tinha uma parte, estava acabado. Pois ia voltar para casa e comer a carne. Podia comer a carne?

Podia ou não podia? O funcionário batera o pé agastado e Fabiano se desculpara, o chapéu de couro na mão, o espinhaço curvo:

— Quem foi que disse que eu queria brigar? O melhor é a gente acabar com isso.

Despedira-se, metera a carne no saco e fora vendê-la noutra rua, escondido. Mas, atracado pelo cobrador, gemera no imposto e na multa. Daquele dia em diante não criara mais porcos. Era perigoso criá-los.

Olhou as cédulas arrumadas na palma, os níqueis e as pratas, suspirou, mordeu os beiços. Nem lhe restava o direito de protestar. Baixava a crista. Se não baixasse, desocuparia a terra, largar-se-ia com a mulher, os filhos pequenos e os cacarecos. Para onde? Hem? Tinha para onde levar a mulher e os meninos? Tinha nada!

Espalhou a vista pelos quatro cantos. Além dos telhados, que lhe reduziam o horizonte, a campina se estendia, seca e dura. Lembrou-se da marcha penosa que fizera através dela, com a família, todos esmolambados e famintos. Haviam escapado, e isto lhe parecia um milagre. Nem sabia como tinham escapado.

Se pudesse mudar-se, gritaria bem alto que o roubavam. Aparentemente resignado, sentia um ódio imenso a qualquer coisa que era ao mesmo tempo a campina seca, o patrão, os soldados e os agentes da prefeitura. Tudo na verdade era contra ele. Estava acostumado, tinha a casca muito grossa, mas às vezes se arreliava. Não havia paciência que suportasse tanta coisa.

— Um dia um homem faz besteira e se desgraça.

Pois não estavam vendo que ele era de carne e osso? Tinha obrigação de trabalhar para os outros, naturalmente, conhecia o seu lugar. Bem. Nascera com esse destino, ninguém tinha culpa de ele haver nascido com um destino ruim. Que fazer? Podia mudar a sorte? Se lhe dissessem que era possível melhorar de situação, espantar-se-ia. Tinha vindo ao mundo para amansar brabo, curar feridas com rezas, consertar cercas de inverno a verão. Era sina. O pai vivera assim, o avô também. E para trás não existia família. Cortar mandacaru, ensebar látegos — aquilo estava no sangue. Conformava-se, não pretendia mais nada. Se lhe dessem o que era dele, estava certo. Não davam. Era um desgraçado, era como um cachorro, só recebia ossos. Por que seria que os homens ricos ainda lhe tomavam uma parte dos ossos? Fazia até nojo pessoas importantes se ocuparem com semelhantes porcarias.

Na palma da mão as notas estavam úmidas de suor. Desejava saber o tamanho da extorsão. Da última vez que fizera contas com o amo o prejuízo parecia menor. Alarmou-se. Ouvira falar em juros e em prazos. Isto lhe dera uma impressão bastante penosa: sempre que os homens sabidos lhe diziam palavras difíceis, ele saía logrado. Sobressaltava-se escutando-as. Evidentemente só serviam para encobrir ladroeiras. Mas eram bonitas. Às vezes decorava algumas e empregava-as fora de propósito. Depois esquecia-as. Para que um pobre da laia dele usar conversa de gente rica? Sinhá Terta é que tinha uma ponta de língua terrível. Era: falava quase tão bem como as pessoas da cidade. Se ele soubesse falar como sinhá Terta, procuraria serviço noutra fazenda, haveria de arranjar-se. Não sabia. Nas horas de aperto dava para gaguejar, embaraçava-se como um menino, coçava os cotovelos, aperreado. Por isso esfolavam-no. Safados. Tomar as coisas de um infeliz que não tinha onde cair morto! Não viam que isso não estava certo? Que iam ganhar com semelhante procedimento? Hem? que iam ganhar?

— An!

Agora não criava porco e queria ver o tipo da prefeitura cobrar dele imposto e multa. Arrancavam-lhe a camisa do corpo e ainda por cima davam-lhe facão e cadeia. Pois não trabalharia mais, ia descansar.

Talvez não fosse. Interrompeu o monólogo, levou uma eternidade contando e recontando mentalmente o dinheiro. Amarrotou-o com força, empurrou-o no bolso raso da calça, meteu na casa estreita o botão de osso. Porcaria.

Levantou-se, foi até a porta de uma bodega, com vontade de beber cachaça. Como havia muitas pessoas encostadas ao balcão, recuou. Não gostava de se ver no meio do povo. Falta de costume. Às vezes dizia uma coisa sem intenção de ofender, entendiam outra, e lá vinham questões. Perigoso entrar na bodega. O único vivente que o compreendia era a mulher. Nem precisava falar: bastavam os gestos. Sinhá Terta é que se explicava como gente da rua. Muito bom uma criatura ser assim, ter recurso para se defender. Ele não tinha. Se tivesse, não viveria naquele estado.

Um perigo entrar na bodega. Estava com desejo de beber um quarteirão de cachaça, mas lembrava-se da última visita feita à venda de seu Inácio. Se não tivesse tido a ideia de beber, não lhe haveria sucedido aquele desastre. Nem podia tomar uma pinga descansado. Bem. Ia voltar para casa e dormir.

Saiu lento, pesado, capiongo, as rosetas das esporas silenciosas. Não conseguiria dormir. Na cama de varas havia um pau com um nó, bem no meio. Só muito cansaço fazia um cristão acomodar-se em semelhante dureza. Precisava fatigar-se no lombo de um cavalo ou passar o dia consertando cercas. Derreado, bambo, espichava-se e roncava como um porco. Agora não lhe seria possível fechar os olhos. Rolaria a noite inteira sobre as varas, matutando naquela perseguição. Desejaria imaginar o que ia fazer para o futuro. Não ia fazer nada. Matar-se-ia no serviço e moraria numa casa alheia, enquanto o deixassem ficar. Depois sairia pelo mundo, iria morrer de fome na catinga seca.

Tirou do bolso o rolo de fumo, preparou um cigarro com a faca de ponta. Se ao menos pudesse se recordar de fatos agradáveis, a vida não seria inteiramente má.

Deixara a rua. Levantou a cabeça, viu uma estrela, depois muitas estrelas. As figuras dos inimigos esmoreceram. Pensou na mulher, nos filhos e na cachorra morta. Pobre de Baleia. Era como se ele tivesse matado uma pessoa da família.

O SOLDADO AMARELO

Fabiano meteu-se na vereda que ia desembocar na lagoa seca, torrada, coberta de catingueiras e capões de mato. Ia pesado, o aió cheio a tiracolo, muitos látegos e chocalhos pendurados num braço. O facão batia nos tocos.

Espiava o chão como de costume, decifrando rastos. Conheceu os da égua ruça e da cria, marcas de cascos grandes e pequenos. A égua ruça, com certeza. Deixara pelos brancos num tronco de angico. Urinara na areia e o mijo desmanchara as pegadas, o que não aconteceria se se tratasse de um cavalo.

Fabiano ia desprecatado, observando esses sinais e outros que se cruzavam, de viventes menores. Corcunda, parecia farejar o solo — e a catinga deserta animava-se, os bichos que ali tinham passado voltavam, apareciam-lhe diante dos olhos miúdos.

Seguiu a direção que a égua havia tomado. Andara cerca de cem braças quando o cabresto de cabelo que trazia no ombro se enganchou num pé de quipá. Desembaraçou o cabresto, puxou o facão, pôs-se a cortar as quipás e as palmatórias que interrompiam a passagem.

Tinha feito um estrago feio, a terra se cobria de palmas espinhosas. Deteve-se percebendo rumor de garranchos, voltou-se e deu de cara com o soldado amarelo que, um ano antes, o levara à cadeia, onde ele aguentara uma surra e passara a noite. Baixou a arma. Aquilo durou um segundo. Menos: durou uma fração de segundo. Se houvesse durado mais tempo, o amarelo teria caído esperneando na poeira, com o quengo rachado. Como o impulso que moveu o braço de Fabiano foi muito forte, o gesto que ele fez teria sido bastante para um homicídio se outro impulso não lhe dirigisse o braço em sentido contrário. A lâmina parou de chofre, junto à cabeça do intruso, bem em cima do boné vermelho. A princípio o vaqueiro não compreendeu nada. Viu apenas que estava ali um inimigo. De repente notou que aquilo era um homem e, coisa mais grave, uma autoridade. Sentiu um choque violento, deteve-se, o braço ficou irresoluto, bambo, inclinando-se para um lado e para outro.

O soldado, magrinho, enfezadinho, tremia. E Fabiano tinha vontade de levantar o facão de novo. Tinha vontade, mas os músculos afrouxavam. Realmente não quisera matar um cristão: procedera como quando, a montar brabo, evitava galhos e espinhos. Ignorava os movimentos que fazia na sela. Alguma coisa o empurrava para a direita ou para a esquerda. Era essa coisa que ia partindo a cabeça do amarelo. Se ela tivesse demorado um minuto, Fabiano seria um cabra valente. Não demorara. A certeza do perigo surgira — e ele estava indeciso, de olho arregalado, respirando com dificuldade, um espanto verdadeiro no rosto barbudo coberto de suor, o cabo do facão mal seguro entre os dois dedos úmidos.

Tinha medo e repetia que estava em perigo, mas isto lhe pareceu tão absurdo que se pôs a rir. Medo daquilo? Nunca vira uma pessoa tremer assim. Cachorro. Ele não era dunga na cidade? Não pisava os pés dos matutos, na feira? Não botava gente na cadeia? Sem-vergonha, mofino.

Irritou-se. Por que seria que aquele safado batia os dentes como um caititu? Não via que ele era incapaz de vingar-se? Não via? Fechou a cara. A ideia do perigo ia-se sumindo. Que perigo? Contra aquilo nem precisava facão, bastavam as unhas. Agitando os chocalhos e os látegos, chegou a mão esquerda, grossa e cabeluda, à cara do polícia, que recuou e se encostou a uma catingueira. Se não fosse a catingueira, o infeliz teria caído.

Fabiano pregou nele os olhos ensanguentados, meteu o facão na bainha. Podia matá-lo com as unhas. Lembrou-se da surra que levara e da noite passada na cadeia. Sim senhor. Aquilo ganhava dinheiro para maltratar as criaturas inofensivas. Estava certo? O rosto de Fabiano contraía-se medonho, mais feio que um focinho. Hem? Estava certo? Bulir com as pessoas que não fazem mal a ninguém. Por quê? Sufocava-se, as rugas da testa aprofundavam-se, os pequenos olhos azuis abriam-se demais, numa interrogação dolorosa.

O soldado encolhia-se, escondia-se por detrás da árvore. E Fabiano cravava as unhas nas palmas calosas. Desejava ficar cego outra vez. Impossível readquirir aquele instante de inconsciência. Repetia que a arma era desnecessária, mas tinha a certeza de que não conseguiria utilizá-la — e apenas queria enganar-se. Durante um minuto a cólera que sentia por se considerar impotente foi tão grande que recuperou a força e avançou para o inimigo.

A raiva cessou, os dedos que feriam a palma descerraram-se — e Fabiano estacou desajeitado, como um pato, o corpo amolecido.

Grudando-se à catingueira, o soldado apresentava apenas um braço, uma perna e um pedaço da cara, mas esta banda de homem começava a crescer aos olhos do vaqueiro. E a outra parte, a que estava escondida, devia ser maior. Fabiano tentou afastar a ideia absurda:

— Como a gente pensa coisas bestas!

Alguns minutos antes não pensava em nada, mas agora suava frio e tinha lembranças insuportáveis. Era um sujeito violento, de coração perto da goela.

Não, era um cabra que se arreliava algumas vezes — e quando isto acontecia, sempre se dava mal. Naquela tarde, por exemplo, se não tivesse perdido a paciência e xingado a mãe da autoridade, não teria dormido na cadeia depois de aguentar zinco no lombo. Dois excomungados tinham-lhe caído em cima, um ferro batera-lhe no peito, outro nas costas, ele se arrastara tiritando como um frango molhado. Tudo porque se esquentara e dissera uma palavra inconsideradamente. Falta de criação. Tinha lá culpa? O sarapatel se formara, o cabo abrira caminho entre os feirantes que se apertavam em redor: — "Toca pra frente." Depois surra e cadeia, por causa de uma tolice. Ele, Fabiano, tinha sido provocado. Tinha ou não tinha? Salto de reiuna em cima da alpercata. Impacientara-se e largara o palavrão. Natural, xingar a mãe de uma pessoa não vale nada, porque todo o mundo vê logo que a gente não tem a intenção de maltratar ninguém. Um ditério sem importância. O amarelo devia saber isso. Não sabia. Saíra-se com quatro pedras na mão, apitara. E Fabiano comera da banda podre. — "Desafasta."

Deu um passo para a catingueira. Se ele gritasse agora "Desafasta", que faria o polícia? Não se afastaria, ficaria colado ao pé de pau. Uma lazeira, a gente podia xingar a mãe dele. Mas então... Fabiano estirava o beiço e rosnava. Aquela coisa arriada e achacada metia as pessoas na cadeia, dava-lhes surra. Não entendia. Se fosse uma criatura de saúde e muque, estava certo. Enfim apanhar do governo não é desfeita, e Fabiano até sentiria orgulho ao recordar-se da aventura. Mas aquilo... Soltou uns grunhidos. Por que motivo o governo aproveitava gente assim? Só se ele tinha receio de empregar tipos direitos. Aquela cambada só servia para morder as pessoas inofensivas. Ele, Fabiano, seria tão ruim se andasse fardado? Iria pisar os pés dos trabalhadores e dar pancada neles? Não iria.

Aproximou-se lento, fez uma volta, achou-se em frente do polícia, que embasbacou, apoiado ao tronco, a pistola e o punhal inúteis. Esperou que ele se mexesse. Era uma lazeira, certamente, mas vestia farda e não ia ficar assim, os olhos arregalados, os beiços brancos, os dentes chocalhando como bilros. Ia bater o pé, gritar, levantar a espinha, plantar-lhe o salto da reiuna em cima da alpercata. Desejava que ele fizesse isso. A ideia de ter sido insultado, preso, moído por uma criatura mofina era insuportável. Mirava-se naquela covardia, via-se mais lastimoso e miserável que o outro.

Baixou a cabeça, coçou os pelos ruivos do queixo. Se o soldado não puxasse o facão, não gritasse, ele, Fabiano, seria um vivente muito desgraçado.

Devia sujeitar-se àquela tremura, àquela amarelidão? Era um bicho resistente, calejado. Tinha nervo, queria brigar, metera-se em espalhafatos e saíra de crista levantada. Recordou-se de lutas antigas, em danças com fêmea e cachaça. Uma vez, de lambedeira em punho, espalhara a negrada. Aí sinhá Vitória começara a gostar dele. Sempre fora reimoso. Iria esfriando com a idade? Quantos anos teria? Ignorava, mas certamente envelhecia e fraquejava. Se possuísse espelhos, veria rugas e cabelos brancos. Arruinado, um caco. Não sentira a transformação, mas estava-se acabando.

O suor umedeceu-lhe as mãos duras. Então? Suando com medo de uma peste que se escondia tremendo? Não era uma infelicidade grande, a maior das infelicidades? Provavelmente não se esquentaria nunca mais, passaria o resto da vida assim mole e ronceiro. Como a gente muda! Era. Estava mudado. Outro indivíduo, muito diferente do Fabiano que levantava poeira nas salas de dança. Um Fabiano bom para aguentar facão no lombo e dormir na cadeia.

Virou a cara, enxergou o facão de rasto. Aquilo nem era facão, não servia para nada.

Ora não servia!

— Quem disse que não servia?

Era um facão verdadeiro, sim senhor, movera-se como um raio cortando palmas de quipá. E estivera a pique de rachar o quengo de um sem-vergonha. Agora dormia na bainha rota, era um troço inútil, mas tinha sido uma arma. Se aquela coisa tivesse durado mais um segundo, o polícia estaria morto. Imaginou-o assim, caído, as pernas abertas, os bugalhos apavorados, um fio de sangue empastando-lhe os cabelos, formando um riacho entre os seixos da vereda. Muito bem! Ia arrastá-lo para dentro da catinga, entregá-lo aos urubus. E não sentiria remorso. Dormiria com a mulher, sossegado, na cama de varas. Depois gritaria aos meninos, que precisavam criação. Era um homem, evidentemente.

Aprumou-se, fixou os olhos nos olhos do polícia, que se desviaram. Um homem. Besteira pensar que ia ficar murcho o resto da vida. Estava acabado? Não estava. Mas para que suprimir aquele doente que bambeava e só queria ir para baixo? Inutilizar-se por causa de uma fraqueza fardada que vadiava na feira e insultava os pobres! Não se inutilizava, não valia a pena inutilizar-se. Guardava a sua força.

Vacilou e coçou a testa. Havia muitos bichinhos assim ruins, havia um horror de bichinhos assim fracos e ruins.

Afastou-se, inquieto. Vendo-o acanalhado e ordeiro, o soldado ganhou coragem, avançou, pisou firme, perguntou o caminho.

E Fabiano tirou o chapéu de couro.

— Governo é governo.

Tirou o chapéu de couro, curvou-se e ensinou o caminho ao soldado amarelo.

O MUNDO COBERTO DE PENAS

O mulungu do bebedouro cobria-se de arribações. Mau sinal, provavelmente o sertão ia pegar fogo. Vinham em bandos, arranchavam-se nas árvores da beira do rio, descansavam, bebiam e, como em redor não havia comida, seguiam viagem para o sul. O casal agoniado sonhava desgraças. O sol chupava os poços, e aquelas excomungadas levavam o resto da água, queriam matar o gado.

Sinhá Vitória falou assim, mas Fabiano resmungou, franziu a testa, achando a frase extravagante. Aves matarem bois e cabras, que lembrança! Olhou a mulher, desconfiado, julgou que ela estivesse tresvariando. Foi sentar-se no banco do copiar, examinou o céu limpo, cheio de claridades de mau agouro, que a sombra das arribações cortava. Um bicho de penas matar o gado! Provavelmente sinhá Vitória não estava regulando.

Fabiano estirou o beiço e enrugou mais a testa suada: impossível compreender a intenção da mulher. Não atinava. Um bicho tão pequeno! Achou a coisa obscura e desistiu de aprofundá-la. Entrou em casa, trouxe o aió, preparou um cigarro, bateu com o fuzil na pedra, chupou uma tragada longa. Espiou os quatro cantos, ficou alguns minutos voltado para o norte, coçando o queixo.

— Chi! Que fim de mundo!

Não permaneceria ali muito tempo. No silêncio comprido só se ouvia um rumor de asas.

Como era que sinhá Vitória tinha dito? A frase dela tornou ao espírito de Fabiano e logo a significação apareceu. As arribações bebiam a água. Bem. O gado curtia sede e morria. Muito bem. As arribações matavam o gado. Estava certo. Matutando, a gente via que era assim, mas sinhá Vitória largava tiradas embaraçosas. Agora Fabiano percebia o que ela queria dizer. Esqueceu a infelicidade próxima, riu-se encantado com a esperteza de sinhá Vitória. Uma pessoa como aquela valia ouro. Tinha ideias, sim senhor, tinha muita coisa no miolo. Nas situações difíceis encontrava saída. Então! Descobrir que as arribações matavam o gado! E matavam. Àquela hora o mulungu do bebedouro, sem folhas e sem flores, uma garrancharia pelada, enfeitava-se de penas.

Desejou ver aquilo de perto, levantou-se, botou o aió a tiracolo, foi buscar o chapéu de couro e a espingarda de pederneira. Desceu o copiar, atravessou o pátio, avizinhou-se da ladeira pensando na cachorra Baleia. Coitadinha. Tinham-lhe aparecido aquelas coisas horríveis na boca, o pelo caíra, e ele precisara matá-la. Teria procedido bem? Nunca havia refletido nisso. A cachorra estava doente. Podia consentir que ela mordesse os meninos? Podia consentir? Loucura expor as crianças à hidrofobia. Pobre da Baleia. Sacudiu a cabeça para afastá-la do espírito. Era o diabo daquela espingarda que lhe trazia a imagem da cadelinha. A espingarda, sem dúvida. Virou o rosto defronte das pedras do fim do pátio, onde Baleia aparecera fria, inteiriçada, com os olhos comidos pelos urubus.

Alargou o passo, desceu a ladeira, pisou a terra de aluvião, aproximou-se do bebedouro. Havia um bater doido de asas por cima da poça de água preta, a garrancheira do mulungu estava completamente invisível. Pestes. Quando elas desciam do sertão, acabava-se tudo. O gado ia finar-se, até os espinhos secariam.

Suspirou. Que havia de fazer? Fugir de novo, aboletar-se noutro lugar, recomeçar a vida. Levantou a espingarda, puxou o gatilho sem pontaria. Cinco ou seis aves caíram no chão, o resto se espantou, os galhos queimados surgiram nus. Mas pouco a pouco se foram cobrindo, aquilo não tinha fim.

Fabiano sentou-se desanimado na ribanceira do bebedouro, carregou lentamente a espingarda com chumbo miúdo e não socou a bucha, para a carga espalhar-se e alcançar muitos inimigos. Novo tiro, novas quedas, mas isto não deu nenhum prazer a Fabiano. Tinha ali comida para dois ou três dias; se possuísse munição, teria comida para semanas e meses.

Examinou o polvarinho e o chumbeiro, pensou na viagem, estremeceu. Tentou iludir-se, imaginou que ela não se realizaria se ele não a provocasse com ideias ruins. Reacendeu o cigarro, procurou distrair-se falando baixo. Sinhá Terta era pessoa de muito saber naquelas beiradas. Como andariam as contas com o patrão? Estava ali o que ele não conseguiria nunca decifrar. Aquele negócio de juros engolia tudo, e afinal o branco ainda achava que fazia favor. O soldado amarelo...

Fabiano, encaiporado, fechou as mãos e deu murros na coxa. Diabo. Esforçava-se por esquecer uma infelicidade, e vinham outras infelicidades. Não queria lembrar-se do patrão nem do soldado amarelo. Mas lembrava-se, com desespero, enroscando-se como uma cascavel assanhada. Era um infeliz, era a criatura mais infeliz do mundo. Devia ter ferido naquela tarde o soldado amarelo, devia tê-lo cortado a facão. Cabra ordinário, mofino, encolhera-se e ensinara o caminho. Esfregou a testa suada e enrugada. Para que recordar vergonha? Pobre dele. Estava então decidido que viveria sempre assim? Cabra safado, mole. Se não fosse tão fraco, teria entrado no cangaço e feito misérias. Depois levaria um tiro de emboscada ou envelheceria na cadeia, cumprindo sentença, mas isto era melhor que acabar-se numa beira de caminho, assando no calor, a mulher e os filhos acabando-se também. Devia ter furado o pescoço do amarelo com faca de ponta, devagar. Talvez estivesse preso e respeitado, um homem respeitado, um homem. Assim como estava, ninguém podia respeitá-lo. Não era homem, não era nada. Aguentava zinco no lombo e não se vingava.

— Fabiano, meu filho, tem coragem. Tem vergonha, Fabiano. Mata o soldado amarelo. Os soldados amarelos são uns desgraçados que precisam morrer. Mata o soldado amarelo e os que mandam nele.

Como gesticulava com furor, gastando muita energia, pôs-se a resfolegar e sentiu sede. Pela cara vermelha e queimada o suor corria, tornava mais escura a barba ruiva. Desceu da ribanceira, agachou-se à beira da água salobra, pôs-se a beber ruidosamente nas palmas das mãos. Uma nuvem de arribações voou assustada. Fabiano levantou-se, um brilho de indignação nos olhos.

— Miseráveis.

A cólera dele se voltava de novo contra as aves. Tornou a sentar-se na ribanceira, atirou muitas vezes nos ramos do mulungu, o chão ficou todo coberto de cadáveres. Iam ser salgados, estendidos em cordas. Tencionou aproveitá-los como alimento na viagem próxima. Devia gastar o resto do dinheiro em chumbo e pólvora, passar um dia no bebedouro, depois largar-se pelo mundo. Seria necessário mudar-se? Apesar de saber perfeitamente que era necessário, agarrou-se a esperanças frágeis. Talvez a seca não viesse, talvez chovesse. Aqueles malditos bichos é que lhe faziam medo. Procurou esquecê-los. Mas como poderia esquecê-los se estavam ali, voando-lhe em torno da cabeça, agitando-se na lama, empoleirados nos galhos, espalhados no chão, mortos? Se não fossem eles, a seca não existiria. Pelo menos não existiria naquele momento: viria depois, seria mais curta. Assim, começava logo — e Fabiano sentia-a de longe. Sentia-a como se ela já tivesse chegado, experimentava adiantadamente a fome, a sede, as fadigas imensas das retiradas. Alguns dias antes estava sossegado, preparando látegos, consertando cercas. De repente, um risco no céu, outros riscos, milhares de riscos juntos, nuvens, o medonho rumor de asas a anunciar destruição. Ele já andava meio desconfiado vendo as fontes minguarem. E olhava com desgosto a brancura das manhãs longas e a vermelhidão sinistra das tardes. Agora confirmavam-se as suspeitas.

— Miseráveis.

As bichas excomungadas eram a causa da seca. Se pudesse matá-las, a seca se extinguiria. Mexeu-se com violência, carregou a espingarda furiosamente. A mão grossa, cabeluda, cheia de manchas e descascada, tremia sacudindo a vareta.

— Pestes.

Impossível dar cabo daquela praga. Estirou os olhos pela campina, achou-se isolado. Sozinho num mundo coberto de penas, de aves que iam comê-lo. Pensou na mulher e suspirou. Coitada de sinhá Vitória, novamente nos descampados, transportando o baú de folha. Uma pessoa de tanto juízo marchar na terra queimada, esfolar os pés nos seixos, era duro. As arribações matavam o gado. Como tinha sinhá Vitória descoberto aquilo? Difícil. Ele, Fabiano, espremendo os miolos, não diria semelhante frase. Sinhá Vitória fazia contas direito: sentava-se na cozinha, consultava montes de sementes de várias espécies, correspondentes a mil-réis, tostões e vinténs. E acertava. As contas do patrão eram diferentes, arranjadas a tinta e contra o vaqueiro, mas Fabiano sabia que elas estavam erradas e o patrão queria enganá-lo. Enganava. Que remédio? Fabiano, um desgraçado, um cabra, dormia na cadeia e aguentava zinco no lombo. Podia reagir? Não podia. Um cabra. Mas as contas de sinhá Vitória deviam ser exatas. Pobre de sinhá Vitória. Não conseguiria nunca estender os ossos numa cama, o único desejo que tinha. Os outros não se deitavam em camas? Receando magoá-la, Fabiano concordava com ela, embora aquilo fosse um sonho. Não poderiam dormir como gente. E agora iam ser comidos pelas arribações.

Desceu da ribanceira, apanhou lentamente os cadáveres, meteu-os no aió, que ficou cheio, empanzinado. Retirou-se devagar. Ele, sinhá Vitória e os dois meninos comeriam as arribações.

Se a cachorra Baleia estivesse viva, iria regalar-se. Por que seria que o coração dele se apertava? Coitadinha da cadela. Matara-a forçado, por causa da moléstia. Depois voltara aos látegos, às cercas, às contas embaraçadas do patrão. Subiu a ladeira, avizinhou-se dos juazeiros. Junto à raiz de um deles a pobrezinha gostava de espojar-se, cobrir-se de garranchos e folhas secas. Fabiano suspirou, sentiu um peso enorme por dentro. Se tivesse cometido um erro? Olhou a planície torrada, o morro onde os preás saltavam, confessou às catingueiras e aos alastrados que o animal tivera hidrofobia, ameaçara as crianças. Matara-o por isso.

Aqui as ideias de Fabiano atrapalharam-se: a cachorra misturou-se com as arribações, que não se distinguiam da seca. Ele, a mulher e os dois meninos seriam comidos. Sinhá Vitória tinha razão: era atilada e percebia as coisas de longe. Fabiano arregalava os olhos e desejava continuar a admirá-la. Mas o coração grosso, como um cururu, enchia-se com a lembrança da cadela. Coitadinha, magra, dura, inteiriçada, os olhos arrancados pelos urubus.

Diante dos juazeiros, Fabiano apressou-se. Sabia lá se a alma de Baleia andava por ali, fazendo visagem?

Chegou-se à casa, com medo. Ia escurecendo, e àquela hora ele sentia sempre uns vagos terrores. Ultimamente vivia esmorecido, mofino, porque as desgraças eram muitas. Precisava consultar sinhá Vitória, combinar a viagem, livrar-se das arribações, explicar-se, convencer-se de que não praticara injustiça matando a cachorra. Necessário abandonar aqueles lugares amaldiçoados. Sinhá Vitória pensaria como ele.

FUGA

A vida na fazenda se tornara difícil. Sinhá Vitória benzia-se tremendo, manejava o rosário, mexia os beiços rezando rezas desesperadas. Encolhido no banco do copiar, Fabiano espiava a catinga amarela, onde as folhas secas se pulverizavam, trituradas pelos redemoinhos, e os garranchos se torciam, negros, torrados. No céu azul as últimas arribações tinham desaparecido. Pouco a pouco os bichos se finavam, devorados pelo carrapato. E Fabiano resistia, pedindo a Deus um milagre.

Mas quando a fazenda se despovoou, viu que tudo estava perdido, combinou a viagem com a mulher, matou o bezerro morrinhento que possuíam, salgou a carne, largou-se com a família, sem se despedir do amo. Não poderia nunca liquidar aquela dívida exagerada. Só lhe restava jogar-se ao mundo, como negro fugido.

Saíram de madrugada. Sinhá Vitória meteu o braço pelo buraco da parede e fechou a porta da frente com a taramela. Atravessaram o pátio, deixaram na escuridão o chiqueiro e o curral, vazios, de porteiras abertas, o carro de bois que apodrecia, os juazeiros. Ao passar junto às pedras onde os meninos atiravam cobras mortas, sinhá Vitória lembrou-se da cachorra Baleia, chorou, mas estava invisível e ninguém percebeu o choro.

Desceram a ladeira, atravessaram o rio seco, tomaram rumo para o sul. Com a fresca da madrugada, andaram bastante, em silêncio, quatro sombras no caminho estreito coberto de seixos miúdos — os meninos à frente, conduzindo trouxas de roupa, sinhá Vitória sob o baú de folha pintada e a cabaça de água, Fabiano atrás, de facão de rasto e faca de ponta, a cuia pendurada por uma correia amarrada ao cinturão, o aió a tiracolo, a espingarda de pederneira num ombro, o saco da matalotagem no outro. Caminharam bem três léguas antes que a barra do nascente aparecesse.

Fizeram alto. E Fabiano depôs no chão parte da carga, olhou o céu, as mãos em pala na testa. Arrastara-se até ali na incerteza de que aquilo fosse realmente mudança. Retardara-se e repreendera os meninos, que se adiantavam, aconselhara-os a poupar forças. A verdade é que não queria afastar-se da fazenda. A viagem parecia-lhe sem jeito, nem acreditava nela. Preparara-a lentamente, adiara-a, tornara a prepará-la, e só se resolvera a partir quando estava definitivamente perdido. Podia continuar a viver num cemitério? Nada o prendia àquela terra dura, acharia um lugar menos seco para enterrar-se. Era o que Fabiano dizia, pensando em coisas alheias: o chiqueiro e o curral, que precisavam de conserto, o cavalo de fábrica, bom companheiro, a égua alazã, as catingueiras, as panelas de losna, as pedras da cozinha, a cama de varas. E os pés dele esmoreciam, as alpercatas calavam-se na escuridão. Seria necessário largar tudo? As alpercatas chiavam de novo no caminho coberto de seixos.

Agora Fabiano examinava o céu, a barra que tingia o nascente, e não queria convencer-se da realidade. Procurou distinguir qualquer coisa diferente da vermelhidão que todos os dias espiava, com o coração aos baques. As mãos grossas, por baixo da aba curva do chapéu, protegiam-lhe os olhos contra a claridade e tremiam.

Os braços penderam, desanimados.

— Acabou-se.

Antes de olhar o céu, já sabia que ele estava negro num lado, cor de sangue no outro, e ia tornar-se profundamente azul. Estremeceu como se descobrisse uma coisa muito ruim.

Desde o aparecimento das arribações vivia desassossegado. Trabalhava demais para não perder o sono. Mas no meio do serviço um arrepio corria-lhe no espinhaço, à noite acordava agoniado e encolhia-se num canto da cama de varas, mordido pelas pulgas, conjecturando misérias.

A luz aumentou e espalhou-se na campina. Só aí principiou a viagem. Fabiano atentou na mulher e nos filhos, apanhou a espingarda e o saco dos mantimentos, ordenou a marcha com uma interjeição áspera.

Afastaram-se rápidos, como se alguém os tangesse, e as alpercatas de Fabiano iam quase tocando os calcanhares dos meninos. A lembrança da cachorra Baleia picava-o, intolerável. Não podia livrar-se dela. Os mandacarus e os alastrados vestiam a campina, espinho, só espinho. E Baleia aperreava-o. Precisava fugir daquela vegetação inimiga.

Os meninos corriam. Sinhá Vitória procurou com a vista o rosário de contas brancas e azuis arrumado entre os peitos, mas, com o movimento que fez, o baú de folha pintada ia caindo. Aprumou-se e endireitou o baú, remexeu os beiços numa oração. Deus Nosso Senhor protegeria os inocentes. Sinhá Vitória fraquejou, uma ternura imensa encheu-lhe o coração. Reanimou-se, tentou libertar-se dos pensamentos tristes e conversar com o marido por monossílabos. Apesar de ter boa ponta de língua, sentia um aperto na garganta e não poderia explicar-se. Mas achava-se desamparada e miúda na solidão, necessitava um apoio, alguém que lhe desse coragem. Indispensável ouvir qualquer som. A manhã, sem pássaros, sem folhas e sem vento, progredia num silêncio de morte. A faixa vermelha desaparecera, diluíra-se no azul que enchia o céu. Sinhá Vitória precisava falar. Se ficasse calada, seria como um pé de mandacaru, secando, morrendo. Queria enganar-se, gritar, dizer que era forte, e a quentura medonha, as árvores transformadas em garranchos, a imobilidade e o silêncio não valiam nada. Chegou-se a Fabiano, amparou-o e amparou-se, esqueceu os objetos próximos, os espinhos, as arribações, os urubus que farejavam carniça. Falou no passado, confundiu-o com o futuro. Não poderiam voltar a ser o que já tinham sido?

Fabiano hesitou, resmungou, como fazia sempre que lhe dirigiam palavras incompreensíveis. Mas achou bom que sinhá Vitória tivesse puxado conversa. Ia num desespero, o saco da comida e o aió começavam a pesar excessivamente. Sinhá Vitória fez a pergunta, Fabiano matutou e andou bem meia légua sem sentir. A princípio quis responder que evidentemente eles eram o que tinham sido; depois achou que estavam mudados, mais velhos e mais fracos. Eram outros, para bem-dizer. Sinhá Vitória insistiu. Não seria bom tornarem a viver como tinham vivido, muito longe? Fabiano agitava a cabeça, vacilando. Talvez fosse, talvez não fosse. Cochicharam uma conversa longa e entrecortada, cheia de mal-entendidos e repetições. Viver como tinham vivido, numa casinha protegida pela bolandeira de seu Tomás. Discutiram e acabaram reconhecendo que aquilo não valeria a pena, porque estariam sempre assustados, pensando na seca. Aproximavam-se agora dos lugares habitados, haveriam de achar morada. Não andariam sempre à toa, como ciganos. O vaqueiro ensombrava-se com a ideia de que se dirigia a terras onde talvez não houvesse gado para tratar. Sinhá Vitória tentou sossegá-lo dizendo que ele poderia entregar-se a outras ocupações, e Fabiano estremeceu, voltou-se, estirou os olhos em direção à fazenda abandonada. Recordou-se dos animais feridos e logo afastou a lembrança. Que fazia ali virado para trás? Os animais estavam mortos. Encarquilhou as pálpebras contendo as lágrimas, uma grande saudade espremeu-lhe o coração, mas um instante depois vieram-lhe ao espírito figuras insuportáveis: o patrão, o soldado amarelo, a cachorra Baleia inteiriçada junto às pedras do fim do pátio.

Os meninos sumiam-se numa curva do caminho. Fabiano adiantou-se para alcançá-los. Era preciso aproveitar a disposição deles, deixar que andassem à vontade. Sinhá Vitória acompanhou o marido, chegou-se aos filhos. Dobrando o cotovelo da estrada, Fabiano sentia distanciar-se um pouco dos lugares onde tinha vivido alguns anos; o patrão, o soldado amarelo e a cachorra Baleia esmoreceram no seu espírito.

E a conversa recomeçou. Agora Fabiano estava meio otimista. Endireitou o saco da comida, examinou o rosto carnudo e as pernas grossas da mulher. Bem. Desejou fumar. Como segurava a boca do saco e a coronha da espingarda, não pôde realizar o desejo. Temeu arriar, não prosseguir na caminhada. Continuou a tagarelar, agitando a cabeça para afugentar uma nuvem que, vista de perto, escondia o patrão, o soldado amarelo e a cachorra Baleia. Os pés calosos, duros como cascos, metidos em alpercatas novas, caminhariam meses. Ou não caminhariam? Sinhá Vitória achou que sim. Fabiano agradeceu a opinião dela e gabou-lhe as pernas grossas, as nádegas volumosas, os peitos cheios. As bochechas de sinhá Vitória avermelharam-se e Fabiano repetiu com entusiasmo o elogio. Era. Estava boa, estava taluda, poderia andar muito. Sinhá Vitória riu e baixou os olhos. Não era tanto como ele dizia não. Dentro de pouco tempo estaria magra, de seios bambos. Mas recuperaria carnes. E talvez esse lugar para onde iam fosse melhor que os outros onde tinham estado. Fabiano estirou o beiço, duvidando. Sinhá Vitória combateu a dúvida. Por que não haveriam de ser gente, possuir uma cama igual à de seu Tomás da bolandeira? Fabiano franziu a testa: lá vinham os despropósitos. Sinhá Vitória insistiu e dominou-o. Por que haveriam de ser sempre desgraçados, fugindo no mato como bichos? Com certeza existiam no mundo coisas extraordinárias. Podiam viver escondidos, como bichos? Fabiano respondeu que não podiam.

— O mundo é grande.

Realmente para eles era bem pequeno, mas afirmavam que era grande — e marchavam, meio confiados, meio inquietos. Olharam os meninos, que olhavam os montes distantes, onde havia seres misteriosos. Em que estariam pensando? Zumbiu sinhá Vitória. Fabiano estranhou a pergunta e rosnou uma objeção. Menino é bicho miúdo, não pensa. Mas sinhá Vitória renovou a pergunta — e a certeza do marido abalou-se. Ela devia ter razão. Tinha sempre razão. Agora desejava saber que iriam fazer os filhos quando crescessem.

— Vaquejar, opinou Fabiano.

Sinhá Vitória, com uma careta enjoada, balançou a cabeça negativamente, arriscando-se a derrubar o baú de folha. Nossa Senhora os livrasse de semelhante desgraça. Vaquejar, que ideia! Chegariam a uma terra distante, esqueceriam a catinga onde havia montes baixos, cascalho, rios secos, espinho, urubus, bichos morrendo, gente morrendo. Não voltariam nunca mais, resistiriam à saudade que ataca os sertanejos na mata. Então eles eram bois para morrer tristes por falta de espinhos? Fixar-se-iam muito longe, adotariam costumes diferentes.

Fabiano ouviu os sonhos da mulher, deslumbrado, relaxou os músculos, e o saco da comida escorregou-lhe no ombro. Aprumou-se, deu um puxão à carga. A conversa de sinhá Vitória servira muito: haviam caminhado léguas quase sem sentir. De repente veio a fraqueza. Devia ser fome. Fabiano ergueu a cabeça, piscou os olhos por baixo da aba negra e queimada do chapéu de couro. Meio-dia, pouco mais ou menos. Baixou os olhos encandeados, procurou descobrir na planície uma sombra ou sinal de água. Estava realmente com um buraco no estômago. Endireitou o saco de novo e, para conservá-lo em equilíbrio, andou pendido, um ombro alto, outro baixo. O otimismo de sinhá Vitória já não lhe fazia mossa. Ela ainda se agarrava a fantasias. Coitada. Armar semelhantes planos, assim bamba, o peso do baú e da cabaça enterrando-lhe o pescoço no corpo.

Foram descansar sob os garranchos de uma quixabeira, mastigaram punhados de farinha e pedaços de carne, beberam na cuia uns goles de água. Na testa de Fabiano o suor secava, misturando-se à poeira que enchia as rugas fundas, embebendo-se na correia do chapéu. A tontura desaparecera, o estômago sossegara. Quando partissem, a cabaça não envergaria o espinhaço de sinhá Vitória. Instintivamente procurou no descampado indício de fonte. Um friozinho agudo arrepiou-o. Mostrou os dentes sujos num riso infantil. Como podia ter frio com semelhante calor? Ficou um instante assim besta, olhando os filhos, a mulher e a bagagem pesada. O menino mais velho esbrugava um osso com apetite. Fabiano lembrou-se da cachorra Baleia, outro arrepio correu-lhe a espinha, o riso besta esmoreceu.

Se achassem água ali por perto, beberiam muito, sairiam cheios, arrastando os pés. Fabiano comunicou isto a sinhá Vitória e indicou uma depressão do terreno. Era um bebedouro, não era? Sinhá Vitória estirou o beiço, indecisa, e Fabiano afirmou o que havia perguntado. Então ele não conhecia aquelas paragens? Estava a falar variedades? Se a mulher tivesse concordado, Fabiano arrefeceria, pois lhe faltava convicção; como sinhá Vitória tinha dúvidas, Fabiano exaltava-se, procurava incutir-lhe coragem. Inventava o bebedouro, descrevia-o, mentia sem saber que estava mentindo. E sinhá Vitória excitava-se, transmitia-lhe esperanças. Andavam por lugares conhecidos. Qual era o emprego de Fabiano? Tratar de bichos, explorar os arredores, no lombo de um cavalo. E ele explorava tudo. Para lá dos montes afastados havia outro mundo, um mundo temeroso; mas para cá, na planície, tinha de cor plantas e animais, buracos e pedras.

Os meninos deitaram-se e pegaram no sono. Sinhá Vitória pediu o binga ao companheiro e acendeu o cachimbo. Fabiano preparou um cigarro. Por enquanto estavam sossegados. O bebedouro indeciso tornara-se realidade.

Voltaram a cochichar projetos, as fumaças do cigarro e do cachimbo misturaram-se. Fabiano insistiu nos seus conhecimentos topográficos, falou no cavalo de fábrica. Ia morrer na certa, um animal tão bom. Se tivesse vindo com eles, transportaria a bagagem. Algum tempo comeria folhas secas, mas além dos montes encontraria alimento verde. Infelizmente pertencia ao fazendeiro — e definhava, sem ter quem lhe desse a ração. Ia morrer o amigo, lazarento e com esparavões, num canto de cerca, vendo os urubus chegarem banzeiros, saltando, os bicos ameaçando-lhe os olhos. A lembrança das aves medonhas, que ameaçavam com os bicos pontudos os olhos de criaturas vivas, horrorizou Fabiano. Se elas tivessem paciência, comeriam tranquilamente a carniça. Não tinham paciência, aquelas pestes vorazes que voavam lá em cima, fazendo curvas.

— Pestes.

Voavam sempre, não se podia saber donde vinha tanto urubu.

— Pestes.

Olhou as sombras movediças que enchiam a campina. Talvez estivessem fazendo círculos em redor do pobre cavalo esmorecido num canto de cerca. Os olhos de Fabiano se umedeceram. Coitado do cavalo. Estava magro, pelado, faminto, e arredondava uns olhos que pareciam de gente.

— Pestes.

O que indignava Fabiano era o costume que os miseráveis tinham de atirar bicadas aos olhos de criaturas que já não se podiam defender. Ergueu-se, assustado, como se os bichos tivessem descido do céu azul e andassem ali perto, num voo baixo, fazendo curvas cada vez menores em torno do seu corpo, de sinhá Vitória e dos meninos.

Sinhá Vitória percebeu-lhe a inquietação na cara torturada e levantou-se também, acordou os filhos, arrumou os picuás. Fabiano retomou o carrego. Sinhá Vitória desatou-lhe a correia presa ao cinturão, tirou a cuia e emborcou-a na cabeça do menino mais velho, sobre uma rodilha de molambos. Em cima pôs uma trouxa. Fabiano aprovou o arranjo, sorriu, esqueceu os urubus e o cavalo. Sim senhor. Que mulher! Assim ele ficaria com a carga aliviada e o pequeno teria um guarda-sol. O peso da cuia era uma insignificância, mas Fabiano achou-se leve, pisou rijo e encaminhou-se ao bebedouro. Chegariam lá antes da noite, beberiam, descansariam, continuariam a viagem com o luar. Tudo isso era duvidoso, mas adquiria consistência. E a conversa recomeçou, enquanto o sol descambava.

— Tenho comido toicinho com mais cabelo — declarou Fabiano desafiando o céu, os espinhos e os urubus.

— Não é? — murmurou sinhá Vitória sem perguntar, apenas confirmando o que ele dizia.

Pouco a pouco uma vida nova, ainda confusa, se foi esboçando. Acomodar-se-iam num sítio pequeno, o que parecia difícil a Fabiano, criado solto no mato. Cultivariam um pedaço de terra. Mudar-se-iam depois para uma cidade, e os meninos frequentariam escolas, seriam diferentes deles. Sinhá Vitória esquentava-se. Fabiano ria, tinha desejo de esfregar as mãos agarradas à boca do saco e a coronha da espingarda de pederneira.

Não sentia a espingarda, o saco, as pedras miúdas que lhe entravam nas alpercatas, o cheiro de carniças que empestavam o caminho. As palavras de sinhá Vitória encantavam-no. Iriam para diante, alcançariam uma terra desconhecida. Fabiano estava contente e acreditava nessa terra, porque não sabia como ela era nem onde era. Repetia docilmente as palavras de sinhá Vitória, as palavras que sinhá Vitória murmurava porque tinha confiança nele. E andavam para o sul, metidos naquele sonho. Uma cidade grande, cheia de pessoas fortes. Os meninos em escolas, aprendendo coisas difíceis e necessárias. Eles dois velhinhos, acabando-se como uns cachorros, inúteis, acabando-se como Baleia. Que iriam fazer? Retardaram-se, temerosos. Chegariam a uma terra desconhecida e civilizada, ficariam presos nela. E o sertão continuaria a mandar gente para lá. O sertão mandaria para a cidade homens fortes, brutos, como Fabiano, sinhá Vitória e os dois meninos.

Este livro foi impresso nas oficinas gráficas da Editora Vozes Ltda.,
Rua Frei Luís, 100 – Petrópolis, RJ.